a vida secreta dos gabirus

Carlos Nejar

a vida secreta dos gabirus

1ª edição

EDITORA RECORD
RIO DE JANEIRO • SÃO PAULO
2014

CIP-BRASIL. CATALOGAÇÃO NA PUBLICAÇÃO
SINDICATO NACIONAL DOS EDITORES DE LIVROS, RJ

N339v
Nejar, Carlos, 1939-
    A vida secreta dos Gabirus / Carlos Nejar. – 1. ed. – Rio de Janeiro:
Record, 2014.

ISBN 978-85-01-40208-0

1. Romance brasileiro. I. Título.

13-06585
CDD: 869.93
CDU: 821.134.3(81)-3

Copyright © by Carlos Nejar, 2014

Texto revisado segundo o novo Acordo Ortográfico da Língua Portuguesa.

Direitos exclusivos desta edição reservados pela
EDITORA RECORD LTDA.
Rua Argentina, 171 – 20921-380 – Rio de Janeiro, RJ – Tel.: 2585-2000

Impresso no Brasil

ISBN 978-85-01-40208-0

Seja um leitor preferencial Record.
Cadastre-se e receba informações sobre
nossos lançamentos e nossas promoções.

EDITORA AFILIADA

Atendimento e venda direta ao leitor:
mdireto@record.com.br ou (21) 2585-2002.

Para Elza Amada — esta macieira
de palavras e almas.

Ao Poeta — Amigo, Paulo Roberto do Carmo:
o primeiro que me falou dos gabirus.

Gabiru: homem muito malfeito, mal-acabado, "devorador de mantimentos". Homem que se torna raquítico, desproporcionado pela fome, tomando forma de rato. Tem sentido também de rato preto e rato de paiol.

Dicionários (Houaiss, Aurélio e o de gíria)

A coisa aqui vai ficar pelo de rato.

Agripa Vasconcelos

Pode-se lavar a túnica, mas não a consciência.

Provérbio persa

J'ai toujours été race inférieure.

Arthur Rimbaud

Já não sou eu, mas outro
que mal acaba de começar.

Samuel Beckett

CAPÍTULO PRIMEIRO

O que não sucede, já sucedeu. Já viram a lua deitar antes da noite? O que sucedeu, vai continuar acontecendo. E o vento não sabe parar, jamais aprendeu, nem tem frequência na gramática do sol. Nem há fantasmas, pelo que aconteceu ou estará acontecendo. Mas fome e perseguição aos vivos. Até dos mortos contra os vivos através de uma memória de escombros. E o verde se amoita pronto para acordar. Com a cidade — Assombro — embrulhada de velhas árvores, e as miraculosas formas de mulher, saltando à vista, maduras, atrevidas. E esse ar fêmeo faz com que os sentidos se clareiem nos contornos obscuros. E não era em vão que o crepúsculo, fora de pino, modulasse escuridões molhadas de tempo e brisa. E foi tudo se entrevando de noites, a chover fios laminados de lua e os funâmbulos canivetes, as estrelas. E a parte visível de sua história foi contada pelas crônicas do escriba, outrora navegador, Israel Rolando. Poucos tomaram conhecimento de uma outra parte, tormentosa e às vezes agônica, da vida secreta dos gabirus. E a história não é invenção de outra história e de mais outra, ao absoluto? E se esses poucos souberam, poderiam também não sabê-lo, nada mudando a velocidade, que é lâmpada de chuva nos beirados. E não há que rir nunca da velocidade da vida na morte. Ou a que ponto a morte é apenas velocidade. Na praça, Raimundo Facó, respeitável fiscal alfandegário, embandeirava-se com seu paletó cinzento no topo do pétreo banco, parado como um navio. E vislumbrou a chegada de um intruso, tal ave de arribação pousando, só, com bizarras plumas. Era franzino, magro, pele macilenta, encanecido na barba de ralos cabelos e obstinados cravos pregando os olhos. Cabeça grande, corpo pequeno e as mãos breves e expressivas que caíam aos joelhos, tal o peso de um livro, aos poucos, se despaginando. Ninguém teve a coragem de perguntar-lhe sequer o nome e nem disse, embora muitos curiosassem, igual a um resfriado que pega, quando menos se espera. Tipo grotesco saído de Rabelais no movimento desproporcionado de seus passos, com metros e palmos de Napoleão Bonaparte, cujo sobretudo de batalha era mais de um garoto envelhecido, com cachecol no pescoço, marcando, nos dedos de sons, a música sonhada. O belo e o feio, ali, não renunciam. Como o ruim e o bom podem estar tão ajaezados um no outro, provindos de mesmo cerne. E Facó, que lera poemas e era dado a erudições (semelhando-se a um mulo de doutorias se afogando sobre o feno), tropicou no pé de um verso de honrado poeta interiorano, com pouca fortuna: "O sol é leite no ouvido", lambuzando, mais do que ao verso, as vinhas noturnas que se esgueiram. E somente o dissabor de um leite posto em lugar errado é capaz de provocar um eito de ondas frias na imaginação. Não seria o relâmpago do esquecimento? A narrativa é tão infinita como as espécies das folhas de um bosque. E se Deus tem nomes, como o querem os devotos do deserto, sendo 99 por eles conhecidos, e um apenas percebido pelos camelos, quantas palavras acharão neste relato, se elas é que compõem suas pegadas e o rumo se faz até com os tropeços do céu. Ou as letras entrando como botões pelas casas erradas. Facó pensava sempre adiante, e, leitor costumeiro, tinha certas evasões ébrias, seguro de que os vocábulos são velas acesas que, às vezes, não se pautam somente pelas duas pontas. Depois num pulo de ideias, imitando o salto do louva-a-deus ou grilo, foi cogitando a desfolhada sina de Ladino, seu mano radioso e gordo que estrebuchou no escritório, entre contas e processos, saindo-lhe sangue pelas ventas. E estranhamente teve o mesmo espasmo e traço de enfermidade que alcançaram seu finado pai Salúscio. Quando vieram, explodiram, sem deixar nenhum rastro. Mas aquele intruso parecia estar fora de nossa humanidade. Talvez pelos dentes que eram dos ratos. Ou pelos olhos iguais infantis e aguçados. E certa magia de as árvores falarem entre si, perto dele. Por fim, Facó reparou haver lido mais do que se esgotavam os sonhos, durando como as pedras que não ignoram a densidade das montanhas. O que descobrira revelava-se bem antes de seu nascimento. Recordando a maneira com que o destino não escolhe, prepara. Tal um escorpião, na margem do rio, tenta convencer a rã para transportá-lo de um lado a outro. — Não sou louca — respondeu a rã.

— Que interesse teria de picá-la, se ambos afundaríamos e quem paga sou eu? — O argumento tocou a rã, que aceitou a empreitada. Quando estava no meio do percurso, o escorpião picou a rã. Antes de morrer, ela lhe perguntou: — Por que fez isso? — E este respondeu, prontamente: — Porque é parte de minha natureza. — E foram ao fundo, juntos. Que a natureza é mais forte que a bondade, todos sabemos, seria incrível o contrário. Caso até de santidade. Mas não é o que interessa. E antes de ser fiscal, Raimundo Facó acreditava nas serventias da educação da espécie humana. Mas desistiu quando um filho adotivo, que recolheu na rua mendicante, depois de ter-lhe ensinado, educando sua inteligência, saciando-lhe a fome, cercando-o de roupas e livros, descobriu que tinha em seu ninho doméstico um escorpião, ao ser mordido nas costas. Aquele bicho humano o convenceu, embora não fosse inofensiva rã. Sim, foi salvo — não da picada —, mas dos efeitos da traição, que tentavam macular a sua fama. E o tal filho do veneno desapareceu da vista. Precisava, por natureza, de outras vítimas. E as vítimas, de outras. Agora, debaixo da árvore, a surpresa que o aguardava era a do intruso, com olhos e dentes de rato. E fixando-o melhor, entendeu que o rosto também era de um animal roedor carente. Com gestos que atraíam piedade. E como se decepcionara com os humanos, resolveu aproximar-se dele. E o saudou, afável: — O que o traz a estas bandas? — O horizonte e a fome! — respondeu. Raimundo não desejava aproximar-se de nenhum estranho albergado na boca do povo, ou em boca do coração, vinho envelhecido — o que não era o caso, por ser alguém ignorado, de rosto que parecia ignorar-se. Além disso, Facó possuía um certo lado "cordial" que caracteriza o morador de Assombro. — Sou um descendente dos gabirus — confessou o desconhecido. O outro quis saber-lhe o nome, ao que respondeu: — Nome é somente título e mais de nada desejo, muito menos contatar com os que me invejam ou abominam. Tais sentimentos são podridões dos ossos: evito esses seres malévolos. Pressinto que, entre eles, não se inclui — afiançou com franqueza. — Não fujo de minha raça e ando como quem não pretende saber de nada, salvo viver. — Raimundo replicou, pausado, virgulativo: — É verdade. Não invejo, nem abomino ninguém: só aos perversos e violentos. E esses, cedo ou tarde, serão desterrados. Tenho uma humanidade que sabe persistir sozinha e não consigo entender o desamor. — Entendo, isso eu entendo. Temos a mesma! — falou, atinando. E lhe deu um abraço e era de vazios contados a dedo. Sem dentes. Nem os olhos se apresentavam dentuços — ele viu. Homem saqueado. — Donde viera? — Do interior. Formavam uma comunidade, com hábitos peculiares. Reiterou: — Sou gabiru, mas não me sinto bem como rato, por ser homem, e o rato, que é doido de roer, foi expulso. Quer os túneis escuros e eu não. Preciso de luz e não me conformo. — Eu te ajudo! E ele agradeceu, cortês, sem a astúcia dos espécimes, esvaziados de despensas e habitantes das tocas. — Eu te compreendo e é importante ser diferente. Nós, humanos, temos dificuldades em aceitar as diferenças. E são elas que nos aliam.

— E nos aceitam — confirmou, mesmo que se viva nos subúrbios ou gargalos. — Gargalos? — Na parte superior da garrafa, junto da garganta: no grito. E Raimundo via que o outro tinha duas palavras na mão. Uma pôs em cima dos seus olhos e eles enverdeciam. E outra, colocou sobre a mão espalmada de Facó, que a recolheu, como uma rede. Mas não sabia o que fazer dela. E o gabiru explicou: — É o que ainda me faz humano. Fronteira com o rato que levo dominado. E talvez seja o futuro, entre os escombros do homem. — Foi quando Raimundo Facó, mais compadecido do que resignado, convidou-o para acompanhá-lo, não sem antes perguntar se tinha lugar de pouso. Disse que não, depois, silenciando, seguiu-o. E assim o gabiru foi hospedado pelo homem. E o homem, que era Raimundo (rimando ou não, trazia o mundo dentro), sem que o soubesse, também começava a influenciar e ser influenciado pela sociedade secreta dos ratos.

2.

Agora, leitores, darei o nome deste que, com trouxa de roupas e coragem, aventurou-se em Assombro, disposto a viver na capital, ganhando fôlego no encontro casual com Raimundo Facó, se casualidade não é sorte que se vê depois. O nome: Pompílio Salerno, em sebosa certidão, um dos seus raros documentos, para dizer que existia. Carteira de identidade, nada. Nem gostava dessas plenitudes cívicas. Só forçado e não era de ser posto em cabresto. Afirmava, com certo sarcasmo: — Eu já não sou documento vivo? Os outros, são pontos de vista do Estado, que nem me faz questão de conhecer! Deus não me exige documento porque me vê. A pátria perdeu os olhos? Que coisa é esta, de eu viver porque está escrito, como se carecesse estar escrito para viver? — Facó deliciava-se em ouvi-lo. Amizade cria limo e é de afetos. E Pompílio não sabia como é que tinha que provar que estava vivo. — Respirar não chega? — Queixava-se. Facó apreciava seu companheiro. Arrumou-o em casa, num quarto privativo, com dó do seu patrimônio de nadas. Ou da fala contida, abrindo-se depois em gaveta cordial, com certa inteligência de pavio curto. Efeito rápido: petardo verbal ou fulminante estocada. Essas virtudes transpareciam, convivendo. A bondade, o amor de sua gente, e um defeito que não executava nas estantes envernizadas de seu amigo. Porém que causou incontinências e reclamações não provadas. Pompílio usava de melífluas variações, como um movimento instrumental de *troppo*, mas não tanto. O motivo foi de terem alguns volumes da Biblioteca Municipal descobertos apenas com as capas, como os de Cícero, Platão e Heródoto, tendo o conteúdo totalmente roído. Perseguiram ratos com alçapões e morriam na inocência. Desconfiaram de Pompílio — sujeito bizarro — por haverem-no visto lendo um desses livros. Nada havia, nem indícios. Para que a ele não imputassem o fato, nem pela dúvida, desapareceu por um tempo da Biblioteca. Sabido, o criminoso não voltaria ao local do delito. E com o desígnio de não ligar o sumiço com a extinção desses atos digestivos, como se "morto o cão, acabasse a raiva", aproveitou a falta de vigilância noturna, roeu mais dois volumes da Filosofia do Direito, sem rastro, salvo o miolo carcomido de letras e signos. Nisso não teve prazer algum, o que não sucedia com livros de poetas famosos, mormente os maneiristas e os raquíticos, por serem dulcíssimos. Depois ficou pensando como a história era comestível e às vezes indigesta. Um monte de papel atormentado. Preferia, isso sim, os buracos miríficos dos queijos. E não seria a história universal os buracos escuros que os ratos entreabrem nos queijados acontecimentos, havendo tantas tragédias. Tantas calamidades e efemérides quanto o número dos ratos e subterrâneas ou clandestinas teorias. E dizia o experiente Cervantes: "Não foge, quem se retira." Essa abstinência livresca não lhe fez nenhum mal. E encontrava seu hospedeiro, muitas vezes, possuindo a constância da camaradagem. Quando um dia Facó referiu, de passagem, os livros estranhamente comidos na Biblioteca, Pompílio acionou a frase jocosa de um ex-senador da República: "Não se pode confiar em traseira de burro, em batina de padre e em cabeça de juiz." E acresceu: — Nem uma Biblioteca sem guardas pode ser confiável! — Raimundo Facó soltou uma risada nervosa. Era confrade dos livros e não lhe aprazia vê-los digeridos. Há tanto pão para comer e tantas pizzas (sua predileção), sendo desarrazoado comer livros. Pompílio escutava calado, cogitando no que também os livros nos devoravam. Por aumentar a avidez dos leitores. Nem as libras de gênio resistem. Nem as libras do livro, às vezes, toleram o gênio por ser demasiadamente verdadeiro. E se o gênio é insuportável para alguns, é o que faz desejável o livro, quando descoberto. E Pompílio aventou, num átimo: o livro é vingança contra o esquecimento. E digeri-los é se alimentar de memória. Por isso se achou tão cheio de memória que todos os ratos nele foram encolhendo o homem. E quando Pompílio disse que ia dormir e se despediu, não quis romper a cerca daquele bom vizinho. Sono só se lava com sono.

3.

Ao despertar, Pompílio se inquietou com essa sua carência de comer miolos de livros, como os de pão, os passarinhos. E não era isso o que buscava. Tinha fome de conhecimento — embora se dirigisse mais para o estômago do que para a mente. Fome de saber o universo, fome de ir por trás das palavras, absorver, chupar a manga do livro, não o livro. Porque roer era instinto: provinha de uma noite mais antiga, com outras noites dentro. O rato é pai do homem, fome nos dentes irrevogáveis, de filho a neto. Mas não é uma parte da humanidade roída pela outra? — indagou a seus botões de pijama apertado. Uma espécie de religião sem sobrenatural, em que os crentes, ao orar, se engolem. Ou é um repolho a humanidade a ser triturada por todas as voltas. Ou digestão de alma jamais saciada. As hipóteses desfilavam em colunas de interjeições, metáforas, vírgulas. E apenas sou uma vírgula no tronco do texto, que por vezes me expulsa ou interroga — pensava. Ou talvez esteja entre os retardatários da esperança, para que algo melhore em mim e nos outros. Sem a sensatez de um alfabeto de medo e penúria — advinda de bem antes, antes dos pássaros? Larga é a rua do alfabeto? Não, antes de meu pai, também gabiru. O prefeito era um tal de Euzébio, de boa lembrança, graças a certo Conselho prestimoso que deliberou conceder a essa estirpe de homem-rato, terrenos para plantar e subsistir no fêmur da colina, longe do então defunto rio Lázaro, o que após ressuscitou. E ficou-se devendo muito da cidadania a Orlando — o Pacificador. E foi o povo que puxou a palavra, puxou a estirpe deformada pelos pesadelos de uma sociedade que não sabia mudar, nem ser mudada. E que, por isso, à força mudava. Porque as marés não vêm sempre ao mesmo lugar, nem os espelhos conhecem tanto do homem, como o refletem. A injustiça social — matutou — nasce de muitos galopes de infortúnios juntos. A rachadura pode romper o vaso e há o momento em que o provérbio chinês se realiza: "A montanha e a água acabam por encontrar-se." Depois se consolou com a ideia de que a pastagem da erva pode gerar na vaca o leite e o leite embebedará os sonhos da nascente do rio ou das manhãs, com as tetas do animal. Deveria confessar sua fraqueza roedora ao amigo Facó, ou carregar o fardo invisível, até conseguir despojar-se? Cúmplice da sobrevivência, com pensamentos que continuarão, enquanto ele não cessar de existir, Pompílio esmorecera no guinchar, depois de um tempo, antes do convívio de Facó, diante da intrusão de sua natureza gabiru reduzida a uma insidiosa mancha, igual às sardas na alma. E crítico de si mesmo, com alguma aspereza, cutucava-se de culpas não explicadas, atormentado, obsessivamente, com a frase de Dostoiévski, talvez gabiru sem que soubéssemos: "O monstro mais monstruoso é o dos nobres sentimentos." E tal um raio, a advertência: — Poderão os outros perdoar-te, mas será que te perdoarás?

4.

Pompílio, dividido entre a fome e o amor aos livros, encontrou uma armadilha para si mesmo, estratégia matreira de iludir-se. Ao enterrar o livro num lugar da floresta de Assombro, sob os torrões da piedosa terra, ele o preservava, afastando o apetite triturador. Assim fez com os fragmentos finais de seu dileto Nietzsche, que afirma que "na fonte mais pura, uma sujeira basta". Ou esta máxima contra ele mesmo, que gerava livros: "Fujamos, amigos, do que nos aborrece, do céu nublado (que, segundo alguém, foi criado para que os ingleses não se vissem), dos gansos (o céu igualava-se a um ganso deitado), sobretudo, das mulheres honradas" — continua o filósofo —, "das solteironas que escrevem e ficam parindo livros — será que a vida não é curta demais para o aborrecimento?" Sim, enterrou o exemplar de Nietzsche, perto de uma amoreira, com delicadeza, como a um galho de hortênsia, certo de que o solo não o mastigará, preservando-o, mesmo úmido. E assim o arredará de si mesmo, ou da tão gulosa fúria.

Não é o furor de viver, misturado a outro, oculto? Pompílio percebia recursos parcos de aposentado (funcionário em sua interiorana comunidade) e ajudava, no que podia, seu companheiro nas despesas. E se algum leitor perguntar o motivo de haver sido escrito um livro, responderia que é para uma nação de habilidosos vermes, ou para o exercício da vaidade autoral, ou para purificar "as palavras da tribo" (só que nunca desvendou que tribo), ou para aperfeiçoamento da raça dos que sonham e pensam, ou para o depósito de formigas e baratas em mundana livraria, ou finalmente, para a grandeza do gênero humano, atrofiado pela ignorância e incultura. Mas escrever não é deixar de fora a alma, como uma perdiz atrás da roça. Se eu soubesse a razão, a exporia claramente, somente adivinho. Porém, ao tirar o livro da terra poderá estar já florescido, ou com sementes de amêndoa. Entretanto, se o leitor parou de se acampar na pesquisa, exigindo comida posta na boca, banalidades ou livros de autoajuda (que nem a si ajudam), o brilho lapidar, interplanetário das palavras não lhes vai atingir, ao não crerem que a inteligência se torne faculdade coletiva. Ou então queremos que sobre alguma réstia para nós. Ou que tais volumes impressos, "como as mulheres não nos ofusquem", como assinalava o meu impenitente avô, que as amava e era infiel a torto e a direito. No mais, mostrava-se honesto nos negócios, por lúcida malandragem, defendendo a tese profana de que "mulher que caísse em sua rede era peixe", até a próstata, mais valente, abatê-lo. "Não sou candidato a santo" — desabafava e ficava na janela, galanteando as moças que passavam. E meu avô,

20

no dizer de seu conhecido Rui Mendes, "enamorava-se tanto das mulheres que acendia uma na outra". Ou se acendia, amando. Ou se incendiava — que o diga minha avó que o esperava na escadaria, lá fora, de madrugada, para vexame. — Era gorda, baixa, olhos corujantes no pasto, que pareciam não se mexer. E meu avô entrava em porta errada. Ou exagero. Porque é preciso rir de nós e do ridículo de ser rato e homem. E a compensação é a de que o futuro, infelizmente, não é do homem, é das formigas e ratos. No entanto, por que falar do futuro?

5.

Aludi a meu avô Vicente que vazava um ar espantado de guri. E se envelheceu, foi para entrar na terceira infância, não é? Os cachorros cessaram de ladrar, compondo-se ao grupo de vizinhos, alguns embriagados, na sua festa de aniversário (75 anos). E acaso não aniversariamos quando podemos florescer? A sanfona tocava, com os foles soberbos, alvoroçando os pares na dança. De repente, meu avô Vicente tomou no ritornelo, a viúva Lélia, de bela e fogosa estampa: corpo a corpo. Seios, pernas coleantes. Com o ruído de sapatos rangendo no pátio, diante dos olhos amordaçados, febris, mochos de minha avó Selma. A noite se dilatava e eles na dança. Minha avó indignada e os lindeiros exaustos se foram, cada um para seu canto, casa, sono. E os dois rolavam ao som nenhum (o sanfoneiro Zé da Chuva sumiu) e terminaram juntos na casa da viúva, com a cama gemente e os corpos. Não havia mais alma que esvoaçasse, nem música, apenas a dos grilos. A casa se assemelhava a uma gaita fechada. A filha de Lélia, que dormira no quarto contíguo, ao acordar deu com sua mãe de olhos cintilantes, boca para cima e as pálpebras grilando e pesando azuis, depois escurecidas, devaneantes. Ao redor, os pernilongos molestavam e os gritos não deixaram prender o sono. Foi quando ela disse: — Vou dormir fora. — Onde? — perguntou-lhe a filha surpresa, ainda jovem, de olhos cláridos, tranças alongadas, pele dura e rubra de maçãs. — Vou ficar no moinho que está desativado e limpo. Ponho cama e ventilador. — E meu avô tinha proverbial inclinação pelo tal moinho e também pela moleira, como se fosse uma borboleta amarela, com asas paradas:

Ó linda moleira
de onde se teceu,
lá do céu a feira,
se és feira do céu?

Viúva de estrelas!
Sim, que estrela ronda
neste teu moinho
de cintura e sombra?

Ó linda moleira,
Guarda-te de mim!
Pois a noite é inteira:
nunca mais tem fim.

Mas teve. A avó Selma tinha língua e fúria de serpente. Até os guizos. E a mordida liberdade. Que evitou a viúva, evitou o moinho, engaiolou o rato e seu instinto predatório e o homem junto. O avô Vicente se foi enviuvando com a noite, a velha boina, os tardos dentes do moinho. Faiscando de amor trancado. Nunca mais foi o mesmo. Sim, cada vez o animal vai tomando conta do homem que, para ser traído, precisa antes apropriar-se dele. E cada vez mais vai diminuindo o divino. Porque o homem perdeu o rumo e gira em torno de uma roda de que não sabe o término. Mas os antecedentes são benévolos. Homens viram-se libertos dos ratos interiores pela boa palavra, até a terceira geração, desde Orlando — o Pacificador, em Assombro. Com novos ratos a brotar dos homens, em sequência lastimável. Depois, os gabirus ocuparam os terrenos na colina, que lhes deu a Prefeitura. E o progresso da cidade se estendeu pelos costados, em barris de gente e casas em guitarras, ou casas em navios no oceano, ou mesmo no rio Lázaro, que a nado se salvou. Participei dessa fornada de estupidez e fome e só me ergui, próximo dos humanos, pela palavra que me foi ensinando. Desde a vocábula meninice que matutou nas avarezas do corpo. E a infância ia crescendo mais do que eu. Todavia, o vício de corroer me flagela.

CAPÍTULO SEGUNDO

Há coisas que ainda não relatei ao meu amigo Raimundo Facó. E por que adiantar-me? Sou eu que registro tais fatos, porque ninguém sabe melhor, de mim, que eu. Porém, a terra não há de restar livre dos homens, nem dos ratos. Não foram esses, mas aqueles que inventaram a Inquisição, condenaram hereges, chegando a provar o princípio e o fim da história como uma geringonça que conheceram tanto, ou tal se nem fossem por ela alcançados, incólumes, com suas etapas, motores e covas. Os gabirus cultivaram os terrenos de Assombro, cavando-os na relha, plantando vegetais ou cereais, macieiras, algumas margaridas e girassóis altos, até abarrotar com a colheita o celeiro que construíram. Abocanhando com os dentes sabiás ou pardais, sem o uso de espantalhos. E começaram a provar da terra a fecundidade e reclamavam dela, quando não a conseguiram mais explorar. Sentiam-se ainda humanos, porque os ratos eram controlados pela palavra neles. Enquanto isso se dava, os roedores trabalhavam juntos com o vento, que ajudava muito por ser forte, convencendo as águas de os auxiliarem. Os tratores comprados facilitaram a arte de se ombrear com a natureza. E os parasitas eram devorados. Todo o desejo de mudança é mágico, porque essa realidade é a dos ratos que sonhos alojam e formam ninhadas. E se preparam para engolir as guerras e contendas. E o gênero humano então havia de ser salvo pelos ratos. Os sonhos sabem mais do que os sonhos e os ratos sabem mais do que o tempo. E entre ruínas é que os ratos perduram. Até quando o próprio tempo se tornar ruína. O mais terrível é quando os ratos todos resolvem sair do calabouço humano. E acham-se com personalidade carismática, inteligência aperfeiçoada nas espécies, voz e roeduras próprias, dentes humaníssimos e inflexíveis, o maxilar de um sonho maior de poder e progresso do que da ordem e às vezes, mais dessa do que daquele. Sem esquecer que a glória se transforma na multiplicação do progresso sobre a esperança da ordem. Igualando-se a situação danosa dos ratos à dos homens. Porém, diga-se no vão das lógicas mais avessas, que os homens ficaram mais prudentes, astuciosos. Ainda que ratos tendam a ser senhores de indústria que precisam de homens na administração e nos empregos, para que as fábricas prosperem. Como se tivesse que ocorrer um relacionamento entre as semelhanças e diferenças. Para não irem uns contra os outros. E vão voltando os homens aos ratos e os ratos aos homens em caracteres peculiares. Os dentes, por exemplo, compõem fator determinante, o ânimo triturador e o fanatismo é substituído pela racionalidade humana. E em devorar, os ratos se sobrepõem ao instinto conservatório do ser libidinoso das pessoas.

Não há rações no desequilíbrio dos gabirus, nem na fome de todos pertencerem ao gênero humano. E como diz um romance de cordel: "Primeiro sem ter segundo/ No mundo não há ninguém/ Quando o mal persegue o homem/ Não se sabe de onde vem." Ou onde o homem começa no rato e onde o rato acaba no homem. Porque não vige ninguém quando o homem não é completamente rato, nem o rato completamente homem. E é um gabiru. Para não se devorarem, se toleram. "E não são mais a força que moveu céu e terra." E Bernard Shaw, talvez por conhecer os eventos que brotam como os cogumelos do nada e tornam ao nada, observava: "O que a história nos ensina é que não nos ensina nada." Por isso o novo não quer dizer que seja futuro, nem o futuro, novo. Podendo ser mais arcaico que o passado. Para os gabirus não existe futuro. Existirá passado?

2.

Dirão alguns que a arte da evasão é a inexistência de ossatura de um romance, por não se darem conta que a ossatura é a evasão. E ao mudarmos o tempo que andava em ruínas, vai-se tornando jovem. Porque o estilo é enxergar o que está detrás das palavras, para que elas nos alcancem ver melhor. Não é Wells que adverte de que as novelas de antecipação se livram muito pouco do mundo que cerca o autor, por poderosa que seja sua imaginação? "E se há um gênero — é o humano; e se há uma pátria, é a de escolher a linguagem que nos escolhe." E o que se conta é o que nunca mais ninguém esquecerá. Porque a história não é um pomar de visitações e a linguagem, feita história, é que contém todos os pomares, até os que vamos descobrir no sonho. Quando o sonho nos descobrir. Há que abrir a percepção. Estamos rodeados de tantas pálpebras que elas terão os olhos que nos revelarem. Voltei. Sim, fui para a casa de Raimundo Facó, para quem os anos não têm barulho. Sua afeição me edificou de sortilégio e lento retorno à humanidade. Quantas mortes devemos a nós mesmos e quantas infâncias resistem a uma morte? Voltei ao meu quarto sem ruído. Como os anos que nos conhecem bem mais de ouvir dizer. E foi ao me jogar na cama, que me veio, de como tenho guinchado como homem para economizar o rato. Porém, não sabia mais economizar o sono, nem o sono sabia me economizar.

3.

Raimundo Facó ia para a feira das sextas, perto da praça, e convidou Pompílio, que lia, a respeito do irresistível charme dos roedores, o volume de Francesco Santoianni, *Todos os ratos do mundo*, que não devorava, por não querer devorar algo de sua própria natureza. Ou talvez o devore, posteriormente, se a fome o abater, o que não tem sucedido. Porque a fome não possui lei, nem governo. E a fartura, frequentemente, morre de inanição. Estava, portanto, sendo lido, pelo avesso da realidade, quando recebeu o convite inesperado. Carecia de caminhar e Raimundo o vislumbrava um tanto abatido e não expunha razões. Atirou verde: "Não há sapato bonito sem um chinelo velho!" — Por quê? — Porque te vejo de cenho carregado, num "j" entre as pupilas e a testa. — É o meu temperamento que vai contra mim. — Então deves impedi-lo! — É o que faço constantemente, mas empaca que nem cavalo em corrida. — Pompílio, fala-me o problema e te darei solução, se souber. — E iam a pé, os sapatos chiavam como um tacho aceso. — Eu me sinto sem mim. — Que isso? Sem ti? — E Raimundo parou. Do músculo do rosto ao do pé. Acrescentando: — Não hás de seguir, sem me comunicar! — Sou como um rato longe da fenda. Facó não entendeu, porque era rato, tal a maneira com que se acostumara com sua forma humana. Nem por analogia, a frase se legitimava. — Não vou te amolar mais. — Amolar? — De que falas? Amolar como? Um rato? — Estranhamente tocaste num sonho que tive: um rato roía minha certidão de nascimento e um monte de cartas. — Cartas? — Ao acordar dei com tudo intacto. Vislumbrei cartas de meu pai para minha mãe, num baú, lacradas. Única memória deles e me assustei. — A mim o que mais assusta é não ser mais eu; e sim, outro. Achava que o documento de estar vivo basta. Mas o Estado... — O Estado, o quê? — Exige que se mostre o pau e se mostre a cobra e ela: jaz morta. Não sentes que é demais? — É. E os ancestrais levam adiante a sina. — Não querem terminar em nós. — Têm estômago de pomba — o outro galhofou e Pompílio escondeu os dentes avantajados. — Sabe da

28

última? — Não. — Na repartição onde trabalho, dois volumosos processos foram devorados. — Por quem? — Estavam sobre a minha mesa. — Quando? — No intervalo em que me desloquei ao banheiro. Foi maçada, nem penso nisso. — Tiveste visitas? — Várias. Uma delas, um conhecido teu — Otoniel. O que desejava? — Saber por que desapareceste da comunidade, onde eras benquisto! — E era. Meu povo sente-se órfão. Tinha certa liderança! — Não te turbes com isso! — Sou mais velho que eu e não queria envelhar minha estirpe. A velhice pega! — E a mim, então? — Vi que te povoas muito. Tens infâncias que não se concluem. Daí a bondade com que tratas a todos. Mas confirmaste, quem roeu os tais processos? — Deve ser ação de ratos. Podiam andar ocultos também na minha gaveta, onde misturo chocolates e doces secos. — Precisam de tempo para roer. São disciplinados. — Tive a visita de um senhor de engenho, com cara de javali. Queixava-se com a demora na confirmação do imposto que pagara. Trazia recibo do banco e a Prefeitura não deu entrada do dinheiro nos cofres. Fiquei hesitante. Como teria reagido em seu lugar? — Com raiva. — É difícil amarrar a fome dos bancos que seguram pagamentos. O tempo tem juros de vida. — Mesmo que o tal cidadão não tivesse cara de javali. Não queremos a loucura: é ela que nos possui! E um rumor se agitava ao redor: a feira, brados de vendedores, tendas de queijo, salame, peixe, camarão, carne. — Quem tem tudo, não tem nada. Quem tem nada, possui tudo. E a sorte quebra como um vidro. Fomos para a tenda do queijo. Seduz-nos o cheiro, a polpa carnuda. Talvez o paraíso seja comer os mais diletos queijos na beira de um rio — assegurei. — Por que um rio? — indagou-me. — Faz-me lembrar meu povo, quando o rio Lázaro voltou à vida. E um comprador provava queijos aqui, ali e acolá. O feirante gentil. Teve que dar um "basta". Ou levava ou não. — Olhamos seus olhos de cão batido, roupas mal traçadas. E um ditado borbulhou nas ideias de Pompílio, sussurrando quase em voz alta: "A quem não tem nada para fazer, dá um nada muito a fazer!" — A fome é que nem pata de leão e o faminto embaixo contestou-me, piedoso. — É, Facó, tudo é misericórdia, até o queijo! Mas levo este pedaço para nós. E o companheiro anuiu com a cabeça, faceiro. Tinha uma cabeça que tomava quase o espaço da manhã, por um vidro de aumento, esta imaginação aturdida! "Os inspirados são poucos" — anotava Platão. Estaria eu, Pompílio, entre esses, ao achar a cabeça de Facó do tamanho do universo? E não via mais a feira, a cabeça era uma montanha. Nem pensamentos, só cabeça! A imaginação é uma sebe com esquilos dentro e a sebe é a cabeça enorme de Raimundo Facó. Como se fosse um juízo, sem juiz.

4.

Depois da feira, depois de andar com Facó, Pompílio resolveu ficar sozinho. E na praça, junto ao pessegueiro, passou por um garfo de vespas se amoitando. E o céu se renova como uma fábula. No centro da praça estava encravada uma espada, presa à bigorna, com a inscrição: "Aquele que me desencravar será o Senhor de Assombro." Pompílio pensou: "Que alucinação! Assombro tem governante, mas não um senhor." Porém, a alucinação é o que está acontecendo, mesmo sem acontecer. Muitos tentaram arrancar a espada; nenhum conseguiu. Naquele dia, Pompílio apenas olhou, perplexo, e saiu. Não seria ele, um gabiru, destinado a ser senhor de nada? E a espada desafiante persistia e ele atravessou a praça nua. Na chefia da cidade, estava o governador D. Ignácio Quevedo: advinha de um berço nobre, descendente da família de duques. Administrava com pulso forte, como se houvesse nascido para ordenar. E é assim a espécie humana. Os que são excelentes capitães podem tornar-se medíocres, se generais; ou excelentes capitães, ao serem promovidos a coronéis, ficam ridículos. Uns nascem para obedecer: os bem-mandados. Outros para apagar e alguns para acender. Embora ninguém nasça ensinado. Mas aquele governante passou a administrar, devolvendo a Assombro a autoestima: agora uma cidade com cabelos adornados de lady, vergéis em sua pele e ruas de polida pedra. Repetia, pouco modesto, como um Capablanca do xadrez político: "Os outros falam, mas eu sei." Tinha por leitura assídua dois livros: um, de Frei Bartolomeu de las Casas, *História das Índias*, que para Borges deve à humanidade algumas graças e desgraças maiores. E outro, o do seu xará: *Poemas,* de Quevedo. Sua máxima era diversa da de Cícero: "Que me temam, conquanto que me amem." Grande, tipo senhorial, mais vaidoso do que arrogante;

uns diziam que era vegetariano, sendo o aipim sua paixão culinária. Ou alimentava-se de raízes de batatas cruas e de cebolas. Inventor de um carro de madeira, recoberto de vidros que não vazava; motor e hélice, constituição apropriada para o mar. Carro e lancha. Nisso era modesto e abscôndito: não em administrar. Os olhos aquilinos, bem-composto no físico e amaridado de Helena — não a de Troia —, que não se sabe se era bélica ou doce. Essa, sim, sumaríssima, frágil, arbusto sussurrante de feminilidade e graça. Apresentava-a como "Lena", companheira de vontade férrea, indo com ele nas cerimônias, discursando (a voz cristalina). Impunha-se pela aparente fraqueza. D. Ignácio, com o outro nome do famoso poeta espanhol, fora menino prodígio no violino, aos 10 anos, dois a mais do que Mozart. E depois deixou que a música fluísse mais na vida que nas cordas do instrumento. "A vida é música e o violino nem sempre" — retrucava, se alguém lembrasse seu tempo de criança. Isso só era dado aos íntimos e se desvaneciam com a brisa das cordas que apenas o tempo toca. E esse não tinha outra migração que não a da terra. E a invenção do carro tomou a alcunha em *vox populi* (lá o latim não o abandonava, embora em algumas línguas menos ilustres, latisse) de osso de madeira com osso de vidro. O certo é que funcionava em terra e água. Só faltava voar. O que não escapou de sua mente inventiva. "Farei um dia isso" — confirmava. Mas era preciso antes pesquisar em *navegatio aeri*. E se devotava às obras de construção do porto para o camarada Marechal Oceano. Dali faria um cais de cargas e sonhos, sem "a saudade de pedra" pessoana. Não, não se concedia saudades, salvo as do porvir, no que era enfático. Apreciava seguir a norma salomônica: "Quem anda com sábios, sábio será." Sua companhia constante era a de dois cidadãos, os mais instruídos de Assombro. Um deles, Ortega, baixinho e cabeça descomunal, ossuda e de óculos. O Dr. Ortega, magnífico reitor da universidade e ávido de aforismos, cervantinos ou não. "Deus era assombrense, mas não desejava se envolver", ou "o amor nos vê com outros olhos, do que nós vemos o amor". Ou ainda essa que o governador memoriou: "Para ficar jovem, basta envelhecer." E ele já viajava pela casa dos 79 anos, contudo a robustez e a instigante lucidez não envelheceram. O outro era um artista cênico, Mestre Manduva, que pertencia à Academia Assombrada de Letras e nunca lá chegava, a não ser na posse com fardão à moda arcaica, folclórico, erudito, atado às canções do cordel popular e à gesta do norte. Musculoso, alto, cabeça de gavião, onde apenas faltava o chapéu havana. Nem sempre o usava, quando lhe dava na telha. Os suspensórios. Eram quase marca registrada. Caracterizava-se intelectualmente pela astúcia, com certa petulância de ter consigo o tesouro da verdade cultural. E não perdia o ar acriançado de quem faz arapuca aos pássaros ou prega peças ao próximo. Dele narram fato havido e atiçado. Um empregado gostava de esgaravatar na sua gaveta particular para colher informações (não era espião, era curioso), pois ali Manduva guardava originais ou documentos. Armadilhou uma ratoeira bem na entrada da gaveta. E zás! Pegou a mão boba do Ramalho, o maneiroso criado, de bigode e tudo. Urrava. E ainda Manduva riu. Flagrara esse malandro que não conseguiu utilizar de sua ginga. A desculpa, sem entrar no mérito, foi a de que a mão urrava, não ele. Chiava manso. O que não foi atestado pelas testemunhas, ficando no ar, apesar dos acasos, o *in dubio pro reo*. Assim, galhofava D. Quevedo entre bebidas e manjares. Mestre Manduva criou uma frase que ficou célebre, referindo-se a ele e aos demais integrantes do sodalício acadêmico: "Eles são feios, como eu, mas têm três mil anos." O que foi contestado por um tal de Lucá Viator, bardo e nômade, macérrimo e calvo com obra reconhecida mais no Exterior, do que naquela província de todos os espantos: "O Mestre Manduva é feio, velho, tem sozinho dois mil anos. E eu sou bonito, com mil anos, sou contemporâneo." Mas Ortega não conteve seu desabafo: "O cão velho não late, mas morde." E a noite mordia as derradeiras centelhas do vulcão crepuscular. Não se repete o que se consumou.

CAPÍTULO TERCEIRO

"Conto o que me contaram" — dizia Heródoto. E eu reconto. Pompílio viu um cavaleiro cavalgar despreocupado na floresta de Assombro e, pela descrição que lera nas cavalheirescas aventuras da Távola Redonda, reconheceu Lancelot, que, ao aceitar a hospitalidade grácil de uma dama, conduziram-se ambos a cavalo para uma lápide com os dizeres: *A pedra deste túmulo só se erguerá pela mão de um valoroso guerreiro.* Lancelot levantou a pesada pedra, para agradar a dama, que tinha a tez, colo e seios brancos como a neve caindo das montanhas, sob as adornadas vestes. Depois dali se arredaram, Lancelot e a jovem, para as límpidas, gozosas confidências. Sob a floresta, as árvores e o prado — com o cavalo os fitando, prazeroso e leal. Pompílio duvidou do que contemplava, ou de como os tempos tinham pressa de ser um só, os antigos e novos. E o tempo encantou-se por amor de si mesmo, como Narciso com o lago. Foi quando o gabiru, de humilde orgulho, atinou: "O tempo distorce as formas e os seres para engendrar mais espaço. E o espaço distorce o espaço para criar mais tempo." Sem ser um Newton,

Pompílio tinha intuições, muitas vezes fulminantes. Com nostalgia de estar o seu povo mais necessitado de acriançamento para superar o roedor. De que forma? Imaginou que tal epidemia da alma, que se acirrava nos dentes, poderia extirpar-se com a língua infante, miraculosa dos sonhos da meninice que se desenvolviam, como o leite na teta materna. E iam voltando, voltando ao pleno homem. Marcou audiência com Dom Quevedo que o atendeu logo: impressionou-se com sua patética figura. Sobretudo, pelos dentes agrandados. Foi mútua e gorjeante a simpatia. Falou das precisões da comunidade dos gabirus. Centralizando-se na educação da palavra junto à alma tão piedosa, pronta para ser curada. Com porfiosas doses de infância. Esquecer não, nunca. Repetindo o processo aventurado até que a palavra cresça e tenha virtude. Os ratos escapam da luz. Avisei meu povo gabiru de que os educaria, pondo ideias onde faltavam palavras, e palavras onde faltava humanidade, a ponto de que uma se alumiasse na outra, com cidadania do coração, esta levitante república, falando o idioma do Deus que ergue os homens. Voltei, aos poucos, voltei à casa onde morava, confiante. E aventei o que incitava José Gabul: "Não há calibre que mate uma ideia." Intuindo haver precisão de pontaria de palavras nas ideias. Após, fui julgando que não existem ideias que alvejem com o acerto que a palavra detém. A carga tonante. Depois não achei mais nada, ao saber que nem o pão nem a sombra possuem idade. Por mais que eu coloque pedras, as palavras sempre falarão o que as pedras calaram. E são palavras que sobem, quando as pedras descem. E a verdade para ele vinha antes, muito antes de tudo. Porque a palavra que não se enche de verdade não conseguirá resistir. E os gabirus em grupos me procuram para obter mais tempo, temendo falta de água na garganta, a falta de garganta na história, falta de Deus no homem. "Ainda mais" — Píndaro que o afirma — "as palavras têm vida mais longa do que as ações." E vi quanto Lancelot amava a sua dama através de fidalgos vocábulos que se acendiam com o vento. E o que a amada não sabia, o fogo ensinou. Descendo a alma de um na de outro. Falavam do Paraíso. E Pompílio se dava conta de quanto pecamos por não amar suficientemente; ou de quanto perdemos por não saber viver.

2.

Jean Cocteau asseverou que "um segredo tem forma de orelha". Discordo. Tem forma de rabeca. Porque as orelhas tocam a cada lado do instrumento. E o segredo não sabe mais onde se meter de tão exposto aos ouvidos da música que jamais aprendeu ou ensinou a imaginar. Os segredos, portanto, em Assombro só se enganam a si mesmos. Ou são como maridos que, traídos, são últimos a saber. Alguns, os primeiros. E o governador Dom Quevedo levava a sério os versos de seu homônimo: "Verte pranto de lástima de um fado tão severo." Ou "melhor vida é morrer que viver morto". E "o pó eles serão, mas pó enamorado". Posso eu discutir a poesia? Não, é a poesia que me discute e, ao julgar, absolve ou condena. E Dom Ignácio Quevedo não suportava os desamados. Menos ainda, a servidão humana de um afeto sozinho. A ponto de acreditar ser delito de Estado. Os gabirus, por sua vez, não admitiam a interpretação dos sonhos. Deixavam que os sonhos se interpretassem por si mesmos, ou se calassem. De tanto que sonharam.

3.

Jamais chegarei a ponto de dizer que o que há de melhor no homem é o rato. Nem que o melhor no rato é o homem. Apesar de, às vezes, a isso inclinar-me. Continuarei afirmando, com todos os declínios, que o homem é melhor que a humanidade. Mas que Deus é e será sempre o melhor no homem. Diz Simone Weil, que foi moradora de Assombro, que "a pureza é a possibilidade de contemplar a desonra", porém não é a desonra, a possibilidade de se tornar mais puro. Há que entender que a infância não se acaba nos infortúnios do adulto. E se alguém disser que o ódio me venceu, não sabe quanto de amor me vela ou consome. E Pompílio se lembrou do sonho que teve, quando guri. Apareceu escrito num papel sobre a mesa do quarto: "O outro lado começa neste." Virando o papel, leu: "Este lado termina no outro." Desperto, buscou o papel, não o viu mais. Persistiu acreditando que alguém ali escreveu, porque continuava lendo o que estava gravado, mesmo sem o papel. Ou tal se o papel fosse de ar. Contou para

Raimundo, que reagiu: — Isso é um contrabando! — Como? — É um contrabando de sonhos. — Não pude segurar o sorriso. Depois, sério, circunspecto, acresci: — Não, são palavras que ultrapassaram a fronteira. — Fronteira? — Sim, a fronteira do sono — brincando: — Contrabando de sonhos não é contrabando de mulos que cruzam a fronteira. — Por que não? Até os mulos aprendem a escrever. — Ah! Disso não tenho dúvidas! — Alguns universitários. — A doutoria é, às vezes, mais analfabeta. — Porque é a ignorância que se esconde, como a poeira no tapete. Ou a carapaça de uma tartaruga. — Mas os sonhos são tartarugas que voam. — Ainda bem. Tal um balão com invólucro de limo. — Somos os nossos sonhos. — Então somos os nossos próprios balões. Quem nos acende o pavio? — O que está vivo e tem chama. — E a chama? — O amor. E ele conhece nosso nome ou não? — Sim. O amor conhece tudo, mesmo o que não vê. — Então por que procurar causa e efeito na mesma história, quando vem do sonho? — É sonho puro. Não tem lógica alguma. — Dois mais dois são cinco. — E por que não sete? — Basta apenas que aconteça. E isso não precisa de razão. — Posso confiar um segredo? — Não o revelarei. — Por isso eu o escondo. — E o segredo? — É que todo segredo tem outro dentro. Logo, não adianta dizê-lo. Sempre haverá outro. — Não tem fim... — Viver. — Nada para, tudo é mudança! — Porém, nem sempre se percebe o que está acontecendo. — Talvez porque já aconteceu. E me aconteceu o que ouvi de um discurso de Dom Ignácio que está na sentença imperiosa do outro Quevedo: "Não é filósofo quem sabe onde está o tesouro, mas quem trabalha e o desenterra." — E o que desenterramos? — Os nossos sonhos. — O que significa? — Que nos desenterramos.

4.

Meus leitores, Teodósio Beirão era autor de alguns romances pouco aprumados na crítica tradicional, embora tivesse um grupo crescente de admiradores. Sua palestra chamou audiência certa de público acadêmico. O auditório da Prefeitura estava repleto, justificado pela obtenção de vários títulos como o de filósofo que se atrelava a Spinoza, sociólogo pela Sorbonne, professando algumas das teorias de Ricardo Valerius, um dos renomados pensadores de Pontal e Assombro, pelo pioneiro tema — *O Delírio da Razão Criadora*. E lá estava, entre os transeuntes das letras, seduzido pelo luzir da fama, convicto como Gogol, de que o nome é mais feliz do que o autor. Sua conferência se centrava sobre os estilos e os gêneros literários. A reação de Teodósio, ao reparar nos meus dentes acentuados, mais de rato do que de homem, foi a de ser assaltado pela perplexidade, como se comparecesse diante de um espião interplanetário. Fingiu não perceber, para evitar vexame. Com óculos de aros finos, calculista, terno bem-passado, fisionomia austera e tez lívida, com certa aparência de prelado a quem faltavam o solidéu e cardinalícia veste. Embora tido por alguns como de caráter duvidoso, por injusta e sádica demissão de funcionários por ele dirigidos, não se lhe podia negar certa volúpia de conhecimento na arte novelística, havido por revolucionário e audacioso. Eis os pontos primordiais de sua conferência: "O romance é a arte da evasão. E o delírio é o vórtice, a mais alta esfera da virtude criativa. Ao mudarmos o tempo que estava em ruínas, torna-se novo. Porque o estilo é ver o que está por detrás das palavras, para que elas nos consigam ver melhor. Não foi Wells que advertiu que as novelas de antecipação não se livram senão muito pouco do mundo que cerca um autor, por poderosa que seja a sua imaginação? E o que se conta é o que ninguém nunca mais escamoteará. Admoesta Bakhtin, em suas *Questões de literatura e estética* (ao fazer essa referência levantou o semblante, desarrolhou o cenho para sentir as repercussões no meio da plateia): 'Todo passo à frente é efetivamente acompanhado de um retorno às origens, ou, mais exatamente, por uma renovação do começo.' (Enfatizou o trecho, elevando a voz, pletórico. E continuou, diminuindo o tom.) A linguagem é história, onde vamos descobrir a realidade, maior ou menor, conforme o senso, o critério ou a densidade do que nos rodeia. (Ao frisar isso, olhou-me detidamente.) E a realidade terá as imagens com que ela nos divisar." Depois dos aplausos, tentou, mas não me achou. Voltei para a casa de Raimundo Facó, onde o afeto não tem barulho e me cumulou de sortilégios, com lento retorno à humanidade. Quantas mortes devemos a nós mesmos e quantas infâncias resistem a uma morte? Voltei ao meu quarto sem ruído. E foi ao me jogar na cama que me veio quanto tenho economizado o homem, para esconder o rato. Mas não sabia mais economizar o sonho, nem o sono se economizava. Citando a sentença judiciosa de Somerset Maugham: "De nada serve chorar sobre o leite derramado, pois todas as forças do universo se unem para o derramar." Reconheci que a correnteza da fala de Teodósio Beirão tinha vista, viço, e mesmo que em latim murmurasse, o sotaque era preladíssimo. Distinguindo-se pelo devanear que está na arte do desconhecido: o de esquecer, recuperando.

5.

Para Albert Einstein, o único lugar em que o sucesso vem antes do trabalho é um dicionário. Tal empresa retoma o ignoto, quando o dicionário se desvela de cordel em cordel. No entanto, contrariamente, Pompílio julgava que as palavras é que eram mágicas, o dicionário não passava de um armazém, depósito em que não se procriam sonhos. Acreditava na invenção que se injeta nos vocábulos e os dilata, ao se aproximarem de outros. Compondo novos corpos, em almas novas. A imaginação dá cria a filhotes capazes de voar. Então os corpos são as almas dos sonhos e os sonhos, pássaros da alma.

CAPÍTULO QUARTO

Noutro dia, Raimundo Facó, ao saber de minha assistência à palestra de Teodósio Beirão, a quem conhecia de fama e de "glória em fogo baixo", pegou o seu tema pelo rabo como a uma lagartixa. Mas não. O que se apanha pela cauda, às vezes, é uma cobra que nos morde. Até as conferências doutorais nos mordem no descuido. Como o cajado de Moisés serviu para abrir o mar Vermelho ao ser erguido e ao ser abandonado no chão virou serpente. Raimundo, cauteloso, saltou fora do assunto. Estávamos nós dois no seu escritório de móveis rústicos, com livros, dois quadros de Klee e as linhas de inscrições da arcaica infância. Confessei quanto a escuridão me tolhe. Não porque ela tem muito a fazer, por não poder pensar. E infelizmente, foi pela escuridão que nasci. De mulher (e também de rata?) tive o relâmpago da alma de um gabiru. Os que na espécie pouco suportam reparar. E estremeci. Tem a escuridão algum alfabeto? Ou a escuridão é um conhecimento tão perigoso que, diante do que defronta, não percebe o limite de escapar do perigo? Sim, a escuridão torna-se, às vezes, tão enganosa quanto a fama, que, se é verdadeira, consegue rir de si mesma. Ou nos atraiçoa. Sempre a treva nos atraiçoa. Sobretudo, quando quer se fazer de luz. Porém, a luz que não é polida guarda um brilho fugaz. Não recordo. Se foram mãos ou dentes que me afagaram. E a voz ou guincho da mãe. Sim, as orelhas grandes da treva me fascinavam, esforçando-me a equilibrar os pés e patas. Foram as primeiras letras entre os guinchos e olhos açodados. Muitas vezes são as letras que nos levam a nascer, unindo uma à outra, compondo palavras, associando verbos. E eu comecei a soletrar como humano o que me animalizava. No alfabeto é que me calhou uma natureza mais poderosa, onde o rato principiava a desabitar-me. No colégio, achei-me humano. Particularizava-me pela dentuça saliente, avassaladora. Um colega me perguntou: — O que devo fazer para desenvolver mais os dentes e ficarem iguais aos teus? — Ignorava. Foi tudo natural como uma calamidade. Tendia a ser moda: os dentes grandes. Não seria o anormal a melhor forma de normalidade? E eu tinha a mania de olhar perna de moça. Porque as minhas eram peludas, feias. Na desproporcionalidade é que me amalucavam os rabos de saia. E embora avançado para a idade, não sabia nada do amor. Depois que aprendi as letras, achava que tinha de tirar tudo de letra. Mais tarde aprendi que o que se tira de ouvido é o sonho; mais se tira de Espírito. O que não é fábula, não é realidade, por que seria? Meus colegas andavam no circo dos cavalinhos e eu, no circo dos sentidos. Porque a réstia do rato em mim farejava o homem e o homem ao que era a extensão do rato. E mostrava a trilha dos gabirus no morro, perto do mar e do rio. E o rio Lázaro ressuscitado foi meu melhor companheiro de aula, por conseguir montar nele como num cavalo. E que rédeas tem um menino senão a sua própria realidade? E as rédeas deslizavam: que é a realidade, senão a da infância? A amizade de Raimundo tinha decência de ouvir. Sensibilizava-se com os relatos, vez e outra chorava escondido, tapando as lágrimas com a mão. Ao escutar mais léguas, uma vista voltava-se para o alto e outra, rumo ao sorriso. A que estava no alto olhava para dentro, firmando um visionário. Não, de mim não tirava os olhos. Poderia precisar deles. E ali parei para não acordar o rato que estava tácito. Nem a fome do rato que era irracional, predadora. Todos os gabirus num só agora se ordenavam e pediam passagem para serem homens, como jarros de lata de violetas que aguardam na luz. Atinei. Sou moroso e as coisas me descobrem antes, leitores; raciocino depois. Ainda que o gabiru não seja apenas um disforme físico — causando estupor, talvez nojo ao ser avistado — espécie de locomotiva roedora — torna-se, muitas vezes, disforme moral, cuja fealdade de alma comparece no vagão das falas. E do que não se clareia, se desconfia. E se as coisas nos fazem chorar, deixo, leitores, que chorem sozinhas. E só elas sabem como. Não é a história, à feição do que vislumbram alguns: é a alma que se repete. Pompílio pôs um pé na frente e outro atrás; e ao entrar no intervalo da memória, como sobre as pegadas de um animal que, ao ser seguido, nos segue, passou por uma árvore, sentindo pulsar nela o rolar da seiva, e ele então parecia árvore.

Depois, para ser vento, bastava deixar-se escapulir nas frestas do peito e a chuva sem fatigar-se, possuía muitos olhos, passos e a tarde tinha pernas compridas; a morte não. Parava sempre diante de Pompílio. Assustava-se de vê-lo, repudiava o odor de sua pele, perdendo ouvidos, de longe, os ouvidos de nascença.

2.

Ao caminhar pelas ruas Martinho e Plácido que se entre-cruzavam, em Assombro, achava-se Pompílio distraído, sem olhar para os lados, maquinalmente. E choca-se com uma moça que vinha noutra direção. E se assusta. Quase a derruba. Desculpa-se e ela também, estonteados. Fixando-a, preocupa-se: — Não houve nada! — ela disse. E sua beleza o atraiu. Não vira os seus olhos de garça, os cabelos de seda de água, ouro líquido na tez que parecia deslizar. Sentiu-se hipnotizado com as vogais de aromas. E ela agora o fita interessada. Não são os dentes, mas os olhos com peixes de nuvens, peixes — árvores na sombra, varanda de peixes que moram entre as pedras, entre outros pescados de folhas que se afiam de tanto ar. E os olhos se visitam de céu em céu. E se apertam as mãos e são tenras, doces de avelãs caindo. E param. Um desequilíbrio desabotoa os corpos em magnética rotação de cheiros, ruídos, polens e cigarras. — Qual seu nome? — inda-gou, obsequioso. — Cláudia. — E eu, Pompílio Salerno. Sorriso comprido os ligou, de abrangente simpatia, num chamado sem voz. O nome nem importava, e sim o sorriso comprido de um cavalo branco, enfiado nas principescas rédeas. Cláudia! Cláudia! E Pompílio ouviu e guardou o nome entre os dentes, cravina. E pediu seu telefone. Ela anotou num papel que lacrava com números nas dobras. E se foram um para cada lado (mas terão ido?). E os lados se inclinaram para cada um, tal um espelho roído. Não eram ainda as mesmas imagens, que o inconsciente depois foi depositando como larvas. E não saíam borboletas.

3.

Contara o que lhe acontecera ao amigo Facó e o apoiou. O amor chegara a tempo e o tempo cria o amor. Pois o instinto vem sem licenciamento, e por que precisaria disso para ser instinto? É quando devemos ver o que já nos viu na manhã de amarrada vinha. Devagar as coisas mudavam de sentido. Um gabiru tem direito, sendo cidadão carimbado, catalogado, pagando em dia os impostos. Tem direito de segurar amor. Há que também os homens serem identificados pelas diferenças, para que transluzam semelhanças. O amor não pune, identifica. Quando Pompílio pensava onde colocar os altivos e carismáticos dentes, sentiu que eles diminuíram ao olhar-se no vidro da janela. E era amor que lhe refazia, miraculosamente, a dentição, pondo-lhe primavera na boca.

CAPÍTULO QUINTO

Pompílio não esperou muito. Cláudia e seu nome eram hibernação do amor. Como a de certos animais que aparentam morrer, para saltar mais vivos. E os que não amam, invejam, questionam, jogam os dados sobrenaturais do que é apenas o existir de um a outro. Pompílio não esperou tanto quanto os mal-entendidos se multiplicam de silêncios. Telefonou e o universo ardeu do outro lado. E nele. Ativando com voz inúmera, suave, Cláudia magicou o tempo. Sem conceitos é o amor. Sem lógica. O próprio raciocínio perde o som e se desapruma ao andar. A voz é imensa e beliscava as orelhas de cristal pelos fios. E quanto mais se despossui é que se possui. Sem auscultar nada para si. Tantos mil anos a terra aguardou para que ele, um gabiru, crescesse, envelhecendo. Ficasse adolescente de amor, preso à amarra de Cláudia, a veleira, onde o coração nos afetos não sabe morrer. E ao rever Cláudia no restaurante Sítio da Lua, houve um abraço intenso, de horas interrompidas. E num hotel suburbano, de quarto limpo, alva cama, precisaram estar juntos. E o amor com o sexo abala todas as estruturas que sustentam os seres, o céu e o precipício. A plenitude do paraíso. E assim ficaram. Demorando-se nos instantes do beijo (Pompílio não a mordeu porque os dentes de amor se encolheram). Foram em gozo, gonzos, pombos, rio descendo colinas de fogo, o voo de uma boca correndo atrás de sua sombra, intraduzível. O céu também intraduzível para dois que confundem as línguas na boca. Para a boca que confunde os céus em outros baixando. — Eu te esperei, amado, desde menina — disse. E ele: — Nos esperamos de nascer. — Cresço só de te ouvir. — Ouço-te chegando das raízes, até o langor. — As palavras não sabem as palavras não. — O ato de amor é das eternidades caindo, aos andares. — A fonte não dorme de luz, nem o amor, de gaivotas. — E as gaivotas nos bicos puxam luz às fontes. — O amor quer levantar as estrelas. — Não quer parar. — Não para de viver. — Porque amar é viver o limite da misericórdia. — Uma balança de ditongos e fonemas tartamudos. Uma balança: não tem peso o amor. — É o absoluto das sementes. — Tombaram com o pólen no cavado peito de estarmos inocentes. — Quem ama principia a ficar inocente sem saber. — Estamos agora sabendo pelo abraço. — A luz não consegue morrer e precisamos dela. E os dois, abraçados, deixaram que o amor ganhasse altura e calor dos corpos, espinho agudo e dúlcido, rosal sem idade, o grão que ensina a entrar na toca, entre relvados. E o sol se move, os sóis se movem, os amantes se movem de dois sóis. E a chuva rebenta com o trovão. Move-se Deus.

2.

Cláudia arrumou os cabelos desgrenhados, com açucenas, boninas. Arrumou os lençóis da cama, os lençóis das vozes gravadas sobre os corpos. E viu que na casca das árvores que eram, não vincaram ainda cicatrizes. E ao se despedirem, designando novo encontro, Pompílio lembrou-se de que não tinha mais nenhuma marca de gabiru, nem de sua desumanidade. E deu-lhe ganas de recomeçar melhor, mais homem, voltando ao convívio dessa elevada estirpe. Os opulentos seres do esquecimento. O amor só anda, cavado.

3.

Pompílio na casa de Raimundo tentava mostrar-se quieto e o silêncio era uma isca sem peixe. E o peixe, um silêncio na isca. Não lhe interessava sondar os mortos porque não cria que pudessem qualquer coisa. Nem com eles. E seu amigo devia conhecer o amor, mas até que ponto o amor o conhecia, ignorava. E o tempo não sabe nada, nem de si. E no entanto, o tempo passara a se chamar: Cláudia. E Cláudia escapava do tempo. Por estar no amor. Jamais se explicou a forma que o amor suspende o tempo. E é preciso explicar que o caçado é o caçador?

4

A raça de Pompílio, a dos gabirus, se expandira, sofrendo. As agruras fortificaram de vida, a morte. E se a morte ainda tivesse fome, morria de morte. Nada tem mais formas do que o amor. — Por que a morte não pode morrer de fome, ao ser gabiru? Por que a morte não consegue morrer de amor? — indagou-se Pompílio. E respondeu: Morreria, porém, de inanição, se não tivesse a penúria de alguns e a miséria de muitos. Ao tomar os sapatos e calçá-los na manhã, os pés incharam de amor. O que era inesperado. Tinha de usá-los apertados. O amor começava a influir na sua respiração, outrora porejante, quase animal e agora se calibrando como um fuzil na mira. Mesmo a lua descia tão perto, tão saltitante, que lembrava a gata angorá cor de prata de sua infância, a que se chamava de Filipa e se foi amansando junto dele, apesar das garras.

5.

Pompílio foi. Tinha que rever Cláudia. Um pretexto: o livro de Robert L. Stevenson, *A ilha do tesouro*, recémsaído em preciosa edição. Foi revê-la na casa onde morava com sua mãe Otília. Tinha a cabeça rodeada de cãs que a embelezavam, olhar sereno, voz de pausas, andando com música de pés e ombros pequenos, obedecendo a uma harmonia mais interior e controladora. E o pormenor: olhos míopes, com lentes de vidros convexos. Afirmava:

"A vida é o que se é, como um espelho." Não se referindo, é lógico, ao espelho de Alice, em Lewis Carroll. E o amor sai do espelho. O que plantamos, colhe-se desaprendendo. E o que se prende, já está voando. Otília se relacionava com a filha, às vezes, de maneira ausente. Outras, meticulosa. Conforme a circunstância, madre superiora do acaso. Fugia da dor e a dor não queria nada com ela. A dor é de um gênero solidário. E Cláudia mantinha essa carência afetiva. Depois de um tempo, a mãe deixou de ver ou ler de perto. Era deficiente. Ao olhar um texto, não conseguia vislumbrar o sentido das palavras e elas que a viam. Brincavam de cabra-cega. Passou a utilizar os óculos para a leitura, ficando atordoada. E se acostumara: não! Não acostuma o que nos vomita ou mata. E quando Otília não desejava tomar conhecimento de algo que a aborrecia, tirava os óculos. Era o ato mágico que a separava do mundo. E não usava os óculos até que a calamidade e a má notícia ou o desagrado se fossem, ou perdessem o efeito. Ou então punha os óculos gostosamente, dando a impressão de ali começar tudo de novo. E tudo era verdejante, tal erva dos campos no seu coração de alfabetos ignorados. Apenas sua filha os soletrava, com beijos, cuidados, cumprimento de prescrição do médico, quanto aos remédios, pois tinha diabetes, *tipo b*, as que vinham de fartar-se dos doces. Pregando peças à filha, ao degustar escondida, como menina na despensa, as guloseimas. Comentava, isso sim, abertamente: "Se não posso comer, viver fica muito pesado. E pouca coisa sobra de se encantar." Conheceu Pompílio e o considerou logo, consolidando o sentimento de Cláudia que ouvia muito a mãe. Disse dele para a filha: "Pompílio é um ser estranho, especial, generoso. (Distinguia os homens pelo jeito de olhar.) Seus olhos são cordeiros distraídos. Só os dentes, embora grandes (e haviam diminuído de tamanho), não mudam as estações. Mas as estações mudam o tempo. Com fome ou não, serão saciadas de amor." Experimentada de vida, era analfabeta nas letras. Por vezes, demasiado. Alfabetos, para ela, eram os da alma e os de sentir que não precisavam de barômetro. O coração batendo de flores. Resfolegando da locomotiva, o coração. O barômetro da chuva só tinha os olhos esverdeados de Otília sob as lentes grossas. Pompílio a chamava de "Tília" e ela ria.

6.

Não durou muito o namoro sem o casório. Raimundo Facó foi um dos padrinhos, que estava feliz, depois da cerimônia, assentando-se ao lado de um tal de Boaventura, professor de matemática, seu vizinho. Assuntavam pouco. E o pai do noivo, vindo lá do interior de Assombro, o Sr. Natalício Salerno, deu as caras e os dentes. De pequeno porte, breve rosto e pernas breves. Olhos firmes e velozes. Era idoso, raquítico. Parecia tocado pelo vírus *abissalis*. A mãe do noivo não apareceu, nem podia. Não estava entre os vivos e dormia com os olhos de terra que as campinas adotaram. Tirando o pecado mortal do húmus. A surpresa foi Natalício: apresentado a todos, mostrava-se fagueiro e magro. Porém, mais embranquiçado, dolente. Toda uma raça inferior que nem o sangue suporta, nem a espécie superior a tolera. O pai de Pompílio não aceitava contrariedade, nem recusa a uma ordem sagrada, a sua. Nada. Fora delegado aposentado e gozava de natural autoridade, sendo tido como chefe de sua gente gregária, endurecida. "O que não perece, fica mais forte" — repetia. E ali ouviu Pompílio dizer-lhe contente: — Pai, tiveste fôlego de vir. Enches de alma esta casa e teu filho! — Somos parreiras. Temos cachos que furam a lona de proteção, furam os tetos, cachos que saem para fora. — O que faz retornar ao homem nos leva junto, pai. Todas as nossas sementes buscam ser humanas. — Sim, nosso inimigo íntimo é o rato. — No amor vai desaparecendo porque os sonhos já estão livres. Quando a eles chegarmos, seremos o mar. — Sem que o tempo saiba, nada se faz de si mesmo, filho. — O tempo é gabiru sem saber. Ao descobrir, muda. — Ninguém gosta de ser gabiru. Mas se é, não se conhecendo. — No instante de conhecer, nada pode ser mais cego, nenhuma parte aceita a outra e tudo então é metamorfose ou morte. — O gabiru explode na realidade que o deforma, até que a realidade o ensine a ver. — Porém não basta, filho. Nada se basta. O que nos enlouquece é o que nos cura. Temos uma raça que sabe dormir porque não aprendeu a acordar. — Os dentes não se apercebem, por serem lâminas, cortam cegos. Prejudicam os lábios... — Que não sabem onde ficar na boca. — Como nós não sabemos que lugar ocupar no mundo. O dos dentes, ou o dos lábios. — Não adianta, filho, bater em ponta de dentes como facas. — O amor vai reduzindo o mal, vai reduzindo os dentes, vai reduzindo esta penúria, pai. Cláudia é um nome que muda. E ao senti-la comigo é que sou homem. — O mesmo sentia com tua mãe que está vestida de terra, filho. O que se veste de terra não sabe onde brotará. — Mas brotará. Com os polens do vento, as larvas do amanhecer. A verdade é coisa de amor.

CAPÍTULO SEXTO

Caros leitores, Cláudia e eu fomos viver numa casa alugada nas proximidades da floresta de Assombro. O pai de Pompílio trouxe, num carro de bois, alguns móveis e Raimundo Facó, uma mesa de escrever. E o que faltava, usamos de permuta com o que não precisávamos e havíamos ganho. Poucas coisas compramos. Escasso era o dinheiro. Pompílio o considerava, aliás, ignorante e parvo, andando ao léu, sem dono. — O dinheiro é gabiru. Usado para pagar a abundância de nadas. — Temos nossa lei — disse o pai, que se derramava sobre uma poltrona. — E a nossa lei foi feita contra nós. Porque aparentemente nos escraviza à terra. — E a terra não pode escravizar ninguém, nem a morte. Porque com os girassóis a morte perde a vontade de crescer. — A morte sai e deixa o morto. Desaparece. — Nenhuma morte basta para quem quer viver. — Vive-se, amando. Nesse instante chegou da cozinha Cláudia, trêmula, como se tivesse um tesouro e não quisesse dizer o lugar. Natalício olhou-a com ternura de quem vê uma pomba se avizinhando para conversar. Meu pai e eu não ignorávamos que as pombas conversam. E até elas, por confidência, desejavam ser humanas, e por que não seriam? — E eu me preservo tranquilo como uma planta. Nasço das orquídeas e algumas delas nem sequer suspeito que nasceram. — Tudo o que nasce é arrancado. — O remo se assenta na mão do remador e o remador na mão do mar, que é uma cabra do sono. — Não dou um centavo de ossos a uma raça que tem ossos demais e bocas de menos. E o tamanho é por falta de centavos de sangue. Sim, a uma raça que não tem navios: não dou centavos de água. — Mas, filho, vou retornar em todos os centavos que faltam e porque nosso povo perdeu tantos centavos de altura, por excesso de dentes, por excessos de ratos nas veias, por centavos de dor que não quiseram. O meu povo, o nosso, filho, perdeu o rosto por centavos de pão e medo. E não quero viver sem eles na colina, como um ancião que perece longe da tribo, com últimos centavos de pássaros. Nós, gabirus, filho, temos ervas do tamanho de árvores e gente engolida de fome. Sim, comboios de pão seco nos ossos, com centavos de sol sobre os pés, quase patas de pele curtida às avessas. Até não ter nada mais a crescer. Centavos de vento não são cereais que desejamos comer. A luz acesa é uma casa que não pode apagar: meu povo! Isso falava pai Natalício, como se fora cantador. Velho de olhos, mais velho que o tição das estrelas.

2.

Meu pai abraçou com o peito todo à Cláudia e a mim.
Um abraço gabiru de olhos e mãos e a batida dos dentes,
costume de ancestrais. E quase fiquei machucado por
encolherem meus dentes. — Estás voltando a ser homem,
filho, e me deixa alegre. Porque um de nós alcança a vida
cheia de altezas. Meu pai era como um trem curvado de
horas que se ia por trilhos nenhuns. Uma cidade correndo
devagar. E me contive. Cláudia me conteve com as minhas mãos nas suas ancas. Tal se eu polisse com carícias
o umbigo. Dormimos enrolados um no outro, como um
ditongo nas vogais do fêmeo sexo e os gritos de todos
os fonemas do sangue: — amor! — eu falei. Amor de
semente na fundura, viola de vagens e trevos. Do céu do
corpo ao céu da boca, do céu do peito ao do fole da noite
ventando. Todas as vírgulas na folha dos corpos. A língua
de tatos em febre. A língua de Deus é amor. Enquanto
roda a boca do sol na escuridão tossindo e a tábua das
mulheres como um pilão de consoantes gira com roupas
numa grande caneca de pedra e águas dentro. Rodando.
E o amor é cheio de árvores.

CAPÍTULO SÉTIMO

O que sucede, já está acontecendo. E continuará. Meu pai estava velho, com as forças combalidas. E na ascese do sentimento, ora com a perda de minha mãe, ora com o meu casamento, agigantara-se o homem nele e o rato decrescera. Residia no cume da colina de Assombro, chefiando seu povo. Na ausência dele, gabirus se achavam em voraz embriaguez, dançando, com os dentes à mostra como teclas de órgão e as caudas mais avantajadas que de ordinário, e os olhos sujos de raiva e lodo. Ébrios pulavam em torno da estátua de madeira de um homem bem-talhado nos pormenores, de beleza atlética, varonil, quase uma cópia de Davi, sem o gênio de Michelangelo Buonarroti. Seu tamanho era o dos gabirus que não atingiam grande estatura, ficando da mediana para a pequena, em torno de 79 ou 80cm. E foi criada por um jovem com certo talento, infelizmente desperdiçado. Os gabirus se ajoelhavam e adoravam com cânticos de júbilo e espasmo aquele deus que tinha olhos, mas não via, e ouvidos, e não ouvia e corpo e não andava. Natalício, ao chegar, irou-se diante do espetáculo de garotos ferozes e sem juízo, muitos nus, homens e mulheres, alguns na aguardente, com garrafas atiradas ao chão, perto de sua casa, outros, deixando o líquido das botelhas jorrar e a alma toda de fora. Exaltado, meu pai amarrou a cara e de cajado na mão bateu, bateu no ídolo que, frágil, se quebrou. Alguns faziam amor nas moitas, ou sob a lua com fogueira ardendo. E a orgia se viu interrompida, num átimo e berro. Os que não tinham mais consciência estavam de bobos e delirantes. Outros, aterraram-se com o ato interruptivo, alvoreceram as cabeças, atônitos. Natalício, com autoridade, gritou de novo: Parem! Parem! E o povo emudeceu como um pião inerte. E continuou com dureza: — Não quero ídolos, aqui! Temos o Deus vivo e é bom aviar-se diante Dele para a misericórdia. — Uns mais jovens protestaram com a mão nos dentes ou na cauda. O que era cena ignóbil tomava aspecto condenatório. Chispavam os olhos de Felizardo e chamou atenção de seu assessor que se misturara a eles, dando ordem para acabarem tudo, de imediato, voltando às casas. — Não quero ver mais isso! — bradou, sonoramente, e a voz possuía tom impositivo, o tino inexplicável de um líder. Amainou aqueles grupos na algazarra e mandou apagar a fogueira. Os jovens estavam agravados, pois foram eles que engendraram a extravagante festa. E ao rancor se animaram, maquinando. Disse um outro, longe dos ouvidos de Felizardo: — É nosso chefe e nos desaprova desta forma! — O mais calmo deles, um tal de Prudêncio, muito alongado nos dentes e de curta cauda, tentou abrandar o ânimo de Felizardo, com voz mansa: — Fizemos de boa-fé! — Mas o chefe não entendeu onde estava a boa-fé. Ou o que significava. Ou era "som e fúria significando nada" do bardo inglês. E não entendia o que a boa-fé quer dizer. Porque boa-fé não era e Natalício pediu um copo de água do poço e se lembrou do filho naquele transe — de beatitude com a vida. E não respondeu nada. Pois o que sucede já está sucedendo. Os homens nos gabirus recuaram na ausência do chefe, recuaram, aumentando a cauda, aumentando os dentes, à medida que abandonaram os hábitos humanos e retornaram aos bichos roedores. Basta que o homem no homem retroceda para que a barbárie se levante.

2.

"A civilização" — pensava meu pai — "é o cimo da inteligência humana ou da maldade coletada pela técnica que se especializa em destruir? Ou voltam todos à caverna?" Não achava respostas. Honesto, Natalício julgava-se cansado com tantas preleções que a natureza gabiru lhe ministrava e se cansava do esforço de transmudar a alma, pois seu povo regredia. E um dos gabirus deitou-se sob o castanheiro e adormeceu sonhando com uma mulher formosa que o apertava ao peito. E não viu nada ao acordar, porque os sonhos não perseveram. Mas aquela árvore ficou como lugar de devoção aos sonhos absolutos e aos que não se definiam. A ponto desse gabiru, chamado Alcides, com uma bicicleta, desaparecer da aldeia. E foi-se, peregrinante, atrás da infância, onde talvez encontre a tal formosa Lucineia, dona dos devaneios. E só um — Natalício — enquanto Alcides sonhava — entrou no seu sonho, e assistiu ao amor se realizando. Ambos nus e unidos, Alcides e a moça que parecia donzela. E como entrou, saiu envergonhado, sem que o vislumbrassem, tal o êxtase. O que era a própria história dos gabirus que levitavam ou eram arrebatados, entre as nuvens, quando se quedavam homens. E ficavam benditos na tribo, porque não perderam a infatigável inocência da infância. Meu avô usava binóculo, às vezes, para contemplar os navios. E uma nau chegava, com música se espalhando como na fábrica a moagem da farinha de pão, que ia falando imagens. O que o consolava. E o poder é o movimento lodoso do mundo. De cegas criaturas sob a roda do coração, nogueira. E a morte não se cansa de morrer. Natalício não apresentava razões para que o entendessem. Por rejeitar a lei do mundo e criar com seu povo um alfabeto, onde as coisas são renomeadas pelo sonho. E as palavras se inventam no amor. O segredo é o de as coisas se descobrirem. Alcançando que os gabirus se transcendam e sejam tão felizes como merecem os que voam de uma natureza para outra. E o fogo é palavra que carrega alma para o corpo. Carrega corpo para alma, carrega o homem para tirar os ratos que se alojam nos ninhos ocultos do peito. E Natalício tinha junto ao pórtico de sua morada a sentença de Jonathan Swift: *Neste mundo, apenas a inconstância é constante.* E sobre a porta do quarto, esta outra, de Thomas Jefferson: *Gosto dos sonhos do futuro, mais do que a história do passado.* Além disso, praticava o que estava escrito no *Livro das vidências*. E não era de um líder, mas de um profeta respeitado, que se chamava Longinus. De ignota procedência. Ainda que Natalício tenha escutado num dos ouvidos, sem a certeza dos dois, ser esse autor natural de uma vila da Grécia. Mas nunca soube ao certo, nem quis indagar. Longinus com testa de podada figueira tinha olhos fusíveis, que, vez e outra, pegavam centelhas. De atávica barba, alimentando-se de gafanhotos, mel, formigas. A cauda se encompridava, também os dentes, na proporção em que profetizava. Voz arfante. Após, voltava para a posição de quase homem. E era "o quase": esfera milenar separando a espécie inferior da superior. Essa vertigem mínima que faz de um homem pequeno, estes milímetros de ossos, ou pedras, o degrau da escada de naturezas que se apartam. Suportamos o homem para os ratos nos suportarem. Previa, por exemplo, que todos os homens que tocassem os gabirus seriam também maltratados por um raio. Ou que Pompílio ainda voltaria aos seus, para ser chefe, o que ao pai reconfortava. Ou que era preciso guardar palavra, para ser por ela guardado. Por que nos vaza tanta humanidade, se ela só brotou para ser capturada? As chuvas fecundam o chão de almas. E havia predições apocalípticas sobre o fim dos tempos que se avizinhavam. O que não conseguia dormir já morreu. Os que haveriam de resistir seriam os ratos e as formigas. E alguns gabirus que tomariam posse da dignidade humana. O meio-termo era fase evolutiva que dependia dos gestos de grandeza ou pequenez, do amor ou do ódio. O ruim puxava o peixe no anzol da noite. E o bom o pescava em limpidez, com a mão. Era requintado nos usos e costumes da memória, além da circunstância. Por querer uma pátria mais larga, aonde o espírito o levasse. Sabendo a distância tênue entre governo e desterro, vivos e mortos. Chegou a escrever como se fosse ditado pelas Potestades, altas ou não, o que nominava LIVRO DAS VIDÊNCIAS. Saiu numa edição encadernada por toda a comunidade gabiru, propagando-se depois por assombro. Letras grandes na capa. Uma nuvem vermelha e o nome de Longinus sumia em letras mínimas, distribuídas apenas pelas páginas pares, como se um profeta tão simples não tivesse rosto. Mas era o rosto que o possuía. Um dia, conversando com Natalício, argumentou: — a Grécia teve como educador Homero. Em Roma, Quintiliano, mestre de retórica, recomendava as obras de Virgílio. E com o seu livro, poderia colaborar na educação do povo, embora não tivesse os voos de Homero e Virgílio. — Natalício aceitou. Asseverando: — A educação nem sempre é voo, às vezes é a arte de conhecer o chão. — E entro, leitores, na intimidade, a mais recôndita, de Longinus: amava Luciana (depois sua mulher), tão enamoradamente, que alcançou, pela energia da paixão, ser plenamente humano, dissipando o rato em si. E não se continha. Pregava a inumerável palavra a todos os gabirus. E o que profetizava, cumpria-se. E amava, sim, Luciana, com tranças da mesma cor de seus olhos de falcão, corpo musicalmente torneado, voz de arroio. Ela o pressentia, sabendo hora e lugar onde estava, ao telefonar. Moravam na fronteira dos gabirus, em casa côm madeira de cedro e cravos brancos. Felizardo, o chefe, o escutava muito, porque, estando com ele, julgava estar com o futuro. E todos gostam muito do futuro, mesmo que o julguem bárbaro, como Voltaire, ou jovem, como o Governador D. Quevedo. Felizardo assuntava com Longinus, ser ele distante, igual ao nome. Situação do profeta que vive vaticinando o que, às vezes, não viverá para ver, com a boca mais perigosa que sucuri. Falar é muito perigoso. Sim, ao afirmar alguma coisa, peremptória, logo se temia a execução, como se batesse a sineta de um terrestre pátio, o porvir. Meu pai não temia a sineta, temia o porvir. Era objeto da ciência tão oculta dos homens e da visão de Deus. "O mistério é a placenta do acaso" — sustentava Felizardo. E, leitores, se perguntardes e decerto o fareis, o que sucedeu com a amada de Longinus por não haver mais aparecido nestas *Crônicas de abismo* (quis evitar vosso desgosto, por serdes solidários), responderei que Luciana teve muito cedo um desígnio desastroso: a morte de seu viúvo pai, Abel, pastor de ovelhas, que a deixou desequilibrada. Isolou-se, por isso, no próprio quarto, como se eremita fosse da paternal procela. Evitava dirigir palavra a quem quer que fosse. Saía do quarto apenas para falar na mata com os animais e pássaros. Longinus, por mais antenado, não entendeu qualquer correspondência entre eles, talvez porque invisível, apesar de habituar-se aos ares imprevistos. E a encontrou morta, em dia de inverno. Fora atacada por um lobo que infestava a região.

Ao tentar dialogar com ele. E foi o lobo que conversou com seus ossos. E, de tal forma, que ficou desfigurada, desfalada. Longinus e Felizardo e alguns poucos a sepultaram no bosque de Assombro, entre dois castanheiros. Choraram ambos e as lágrimas não conversavam com cães, ovelhas, cavalos — vindos não se sabia de onde — cercando a cerimônia, honrados e abatidos. Até pombos e pardais voavam, perto. A terra foi menos cerimoniosa, porque também endoidecera, ao acatar sua loucura quase ancestral. Longinus não falava nela mais, de nunca a nunca, guardou-a em sítio indevassável, nos arcanos do amor, onde poucos chegam e conhecem. Fiz vossa vontade, leitores, agora deixemos que Luciana, de casto trigo, descanse em paz, tal um chapéu cheio de terra! Porque palavra é pedra, a morte é pedra e Luciana tem ossos pedrentos. E que, seduzida, a terra lhe devolva o vulto grácil, os alígeros passos e os mais vetustos sonhos sob prados de inefável morte. E sina não se compensa. O lobo que matou Luciana foi perseguido e eliminado num estábulo vazio, com vocação de oblato de uma ordem de ossos. Expirou com tiros de espingarda, retirada do pó de um velho armário. E nenhuma bala quis sequer falar com ele. Tudo buscava repouso. Menos a morte, que reúne devoradores e devorados. Com eficiência de fêmea no cio.

3.

Este é o *Livro das vidências*, de Longinus·

— O que não se vê dentro da luz é o que está nos vendo.

— Só temos a dizer o que a palavra nos diz.

— O amor morre pela boca.

— Sonho é o que fugiu do pensamento.

— O coração nunca fala sozinho.

— É entendimento quando já não se começa a entender.

— Tudo tem momento de explodir: até o amor.

— O que não explode mais é porque se encantou.

— Amor tem luz própria.

— A palavra só vive como peixe no fluir da água.

— Ao se matar a palavra, mata-se o espírito.

— A fome é a raiz de algo maior do que a fome.

— A inflação atinge a moeda dos gabirus e até a da imortalidade.

— Quanto mais se olha para trás, mais longe se chega.

— Invento para não chorar.

— O que acorda não dorme, se a palavra é semente.

— O escuro pode ser o mais claro: faltou ver.

— O que não sabe ver, não viu, não verá nunca.

— Só o divino termina no divino.

— Há civilizações que se desplumam como os pássaros.

— No vivo até o céu assume.

— Não pousa andorinha com a morte.

— A raiva faz tudo virar verdade.

— O esquecimento é ato de misericórdia.

— Crescemos sozinhos na coragem.

— O prevenido não se mostra.

— O acaso se inventa.

— O que não sabemos, vamos começar a saber, por nos haver descoberto antes.

— O prazer é a bondade do instinto.

— Amar é desamarrar os sentidos.

— Os sabores são os andaimes do corpo na alma.

— Conhecer a língua é também conhecer os seus silêncios.

— Amor tem raiz no ouvido.

— A fala acende o coração na boca.

— A poesia é o desamparo da razão.

— O talento é ocultável. O gênio não se esconde.

— O afeto também tem rigor.

— O que exaspera o humano, exaspera o espírito.

— Deus não carece de nenhuma desculpa para nos levar.

— As nascentes da alma têm sede.

— Perder a loucura é perder o fogo divino da infância.

— As metamorfoses do homem ao animal, ou do animal ao homem têm diques que as separam. Só a loucura pode romper esses limites.

— Alma não cria resina.

— Amor não supre a explicação.

— O que é verdade nos pega pela mão.

— Amor de amor, vem mel.

— Deus fala quando apraz, até no meio das estrelas.

— O que sossega é amor bem acabado.

— A dor do que perdemos adormece, mas fica nos ossos.

— Poucas coisas libertam mais do que o perdão.

— Apenas o que amamos permanece.

— O espanto é um tombo no sonho.

— A poesia muda a natureza dos objetos.

— O mal se gasta no mal e não se economiza.

— A história é a magia e a inconstância dos acontecimentos.

— O que nos escurece pode ser o que nos ilumina.

— A paz é o começo do esquecimento.

— O gabiru é o letárgico estágio entre o animal e o homem.

— A invenção gasta apenas o lenho. O mais é fogo que queima.

— Ninguém percebe o que avança do tempo, ou fica sonhando.

— O engano nem sempre é o mesmo da garganta que o proclama.

— Cada um, indo atrás da última palavra, vai atrás de sua morte.

— A criação é o constante delírio na razão de viver o desconhecido.

— O sono é às vezes a fundura de Deus.

— Palavra é a que cura desde a raiz o vento.

— O sossego vem de amor que repousa.

— Gênio é o que se preparou para a agonia.

— Não há sabedoria sem desígnio, nem sonho sem realidade.

— Gastei as ideias na luz.

— A dor já vem de haver nascido.

— A loucura é não ter onde se agarrar.

— A palavra não nos abandona, se nós não abandonarmos a palavra.

— Nós devemos tentar entender Deus, porque Ele já nos entendeu.

— A liberdade é o peso das escolhas, ou as escolhas sem peso.

— Sonha-se e cria-se muito por ainda não se haver vivido o suficiente.

— O que não afoga, retorna mais forte.

— O que segue o coração vai pelo fundo.

— Arte é quando se conclui a escrita.

— Só inventamos o que nos falta.

— O céu se coa na luz que nos corre por dentro.

— A obsessão retarda o sol da alma.

— Só o amor faz com que se queira morrer de mais amor.

— A razão entorpece o amor.

— A memória é chuva de pássaros, sensações e pensamentos no milharal: a alma.

— Viver é como atravessar a manhã.

— Saudade é um punhado de dor dentro da luz.

— Tem boa prudência a bondade.

— Amizade é amplidão.

— Não se cumprimenta com o chapéu de Deus.

— A fidelidade tem quilos de ouro.

— Quem tem calos na alma julga mal.

— O descanso quer parar a maré.

— A esperança não tem férias.

— A arte é o arrebatamento do visível.

— Ninguém fica bom por rogo alheio, só fica se já é bom.

— Cavalo não gosta de estar longe do dono.

— O cansado não pede licença, deita logo.

— O que varia de uma geração à outra é golpe de vista ou febre.

— A morte não raciocina, enterra.

— A vocação é espera que enverdeceu.

— Quem olha igual à pedra, é pedra.

— A dissimulação é a noite que se alia ao orvalho.

— Saudade tem olhos de uma cachorra acesa.

— O absoluto é um buraco aberto na fome.

— O nome é a geografia do que nasceu.

— A juventude, a velhice, a liberdade, a escravidão são estados de alma. Conquista-se a juventude, como se conquista a liberdade.

— A inocência não tem medo de nada.

— O esquecimento escorre da lembrança.

— O melhor futuro é sempre o presente.

— A imaginação não fala com a mão, fala com os olhos no espírito.

— A demasia do poder é a demasia do engano.

— Despedir-se às vezes é como sair da alma.

— Um ditador agoniza o povo.

— O sonho é quando a alma voa para fora do corpo.

— A esperança só no tempo se mede. A que tarda nos enferma e a que chega, se acrescenta.

— Todos os que morrem se tornam bons de repente.

— O que é capaz de sonhar não enlouquece.

— O que presta demasiada atenção ao vento não planta. E o que olha demasiadamente os outros nada faz.

— O espírito levanta e a carne tomba.

— Escrever é deixar que o texto nos descubra.

— Calar é entender os vivos.

— Para o homem viver, é preciso que a criança não morra.

— A glória é um prato servido frio.

— Sabe-se tanto ou mais de não saber.

— As estrelas têm um silêncio que não cala.

— Aflito é o que abandona a paz no escuro.

— Morremos de vez, nascemos devagar.

— Estupidez é animalidade avançada.

— Há graus na luz e na dor.

— Quando te habituarás, ó alma, com este corpo? Quando te habituarás, ó corpo, com esta alma?

— Gênio é o que inventa um tempo que nunca mais vai perder.

— Coragem é o que não anda com os pés, mas com os olhos e a idade.

— Perto da água até o céu tem sede.

— O que separa, depois não pode achar.

— A saudade é juventude que não quer acordar.

— Nas cabeceiras da noite tudo parece igual e a escuridão não tem lado.

— Ser livre é alcançar só nascimento.

— Deus não é trancável. Só tem fecho o que termina.

— A relação humana é um bordado de areia.

— Não existe animalidade no espírito.

— Artista é o que descobre as cores que a dor possui.

— O amor faz voar a cabeça além do pescoço.

— O esquecimento é a lembrança que não volta.

— A memória para durar carece de ter boca, dentes, olhos, ouvidos e coração.

— Escrever é um estado de levitação. Às vezes um estado de nuvens.

— O que Deus não me der, não quero. E o que Dele vem, é justo. Tão exato como a água no corpo.

— Não há virtude alguma na agonia.

— Vive-se na imprudência de muito caber.

— O ódio desampara, o amor não.

— Quando se envelhece, a alma vai crescendo e o corpo diminui.

— Grande é o que tem no centro Deus e os outros.

— A lucidez não se acovarda com o fim. Por saber que vem.

— A espécie dos homens e dos animais é tão sedenta que tende a exterminar-se entre si.

— A paixão não conhece o limite do amor.

— Deus tem véspera e chegada.

— Estou além dos vendavais e tempestades. Ninguém se encolhe na luz.

— Sou água de o amor pousar.

— A paz conversa com os vivos.

— A escuridão não possui boca e vai a Roma.

— O que é bom tem o coração no fruto.

— A inveja dorme acordada.

— Minha alma é a língua portuguesa.

— Veloz é o que caminha no espírito.

— Os olhos ficaram velhos de tanto ver.

— Não se pode, fora da estação, desenferrujar o silêncio.

— Perdoar é não levar nenhum peso.

— Com o amor começa outra memória.

— A estupidez não precisa de pátria, precisa de cúmplices e vítimas.

— O que pode voar, já se desprendeu.

— A elegância do fogo é queimar.

— Ninguém permanece sozinho em Deus.

— Os gabirus desplumam o gênero humano.

— O rancor amarra um cão na alma.

— Não é a cobra que muda de pele, é o tempo que muda de cobra.

— Tem que haver também tentação para o bem.

— Nossos quinhões adormecem e esperam por nós na eternidade.

— O tempo se dilata de sofrer.

— Paramos no sério para acordar no escondido.

— Cresci de não morrer mais.

— O amor olha pelos ouvidos.

— O desastre pode ser glorioso, mas é desastre.

— A intuição não precisa de história.

— Inveja não tem amizade, pátria, ou família. De inefável corrosão.

— Quem com o tempo fere, com o tempo será ferido.

— O que é do amor, tem paz.

— É melhor arrancar algo da dor que a dor arrancar algo de nós.

— Quanto mais luz, menos mal.

— A alma corre tanto que deixa vida no caminho.

— Adiamos o futuro, até que ele nos adia.

— Não, ninguém se ausenta de si mesmo.

— A minha verdadeira infância começou na velhice.

— Cada dia é amanhã.

— Imaginar é olhar com os sonhos.

— Sonho com a memória para adiante. Muito adiante.

— Há uma lembrança que ainda não acabou de sonhar.

— Não somos iguais na dor. Só na alegria.

— A esperança que se protela já terminou.

— Ama-se para resistir e não morrer.

— Viver se apura vivendo.

— Filosofar é pegar o tempo pelas abas.

— O homem de gênio atrai os detratores, como certas árvores, as vespas.

— Nunca sei aonde a criação me leva. Não importa. Basta que me leve. E vou.

— A água é mais leve do que sonho. Por isso é que ele afunda pela alma.

— São os personagens que nos descobrem.

— Há uma voz tão imperiosa, que se chama fé, estrela, destino, e que nada ou ninguém poderá calar. Até que se cumpra.

— A etimologia é tutano da língua.

— Os sonhos não se extraviam, a não ser a si mesmos.

— A intuição é a luneta do instinto.

— O "Y" é um espantalho no milharal.

— O raio, epitáfio da luz.

— O gramático é o lógico que engoliu a imaginação.

— O caos é uma labareda que se oculta.

— A luz não carece de memória.

— A solidão é uma garrafa com rolha.

— Há políticos como caracóis que carregam trombones nas costas.

— A lua é uma torre com relógio e só os profetas sabem.

— Não há doutoria nas trevas.

— O dicionário é uma selva de palavras.

— Ninguém sabe o que a amizade nos deixa na luz, ou a luz nos deixa na amizade.

— Adiamos o futuro, até que ele nos adia.

— Traduzir é especular a alma.

— Gênio é o que tem todos em si e é nenhum.

— Sou feliz proprietário de alguns alqueires de vento. É ali que sou livre.

— Loucura é onde a luz não tem onde pousar.

— Tudo nos leva para casa.

— O linguista é o paleontólogo das palavras extintas.

— O inferno é a absoluta escuridão sem palavra.

— Quando dizem que deliro, é porque estou vendo.

— Homero ficou cego de tanta luz.

— A alma não carece de pés para andar.

— A esperança não deve ter defeito de nascença.

— Saudade é memória que endoideceu.

— O que não se quer deixar para trás, depois nos arrasta.

— Ninguém adormece num formigueiro.

— A morte soletra os vermes.

— Quem educa a alma, educa a luz.

— O sonho é o pai do homem.

— A violência não tem meninice, só exílio.

— O tempo morre de inanição, excesso ou falta de amor.

— O que não se transforma, nos engole.

— Os espertos e ambiciosos só por um período seduzem o poder, depois é o poder que os engana.

— A santidade é o desequilíbrio das estrelas.

— A mesma escada que sobe é a que desce.

— Tudo tem sentido, ainda que não pareça. Como se já estivesse fixado no firmamento.

— É na morte que triunfa a vida e na tribulação, o santo e o gênio.

— Não adiamos Deus.

— Não há santidade sem morte, nem remissão sem sangue.

— A linguagem do homem é a metáfora. Tudo é símbolo de outra coisa. Até sua sombra.

— Há os que querem reduzir a civilização à altura e largura de sua tribo.

— A imaginação já é uma felicidade tangível.

— Um grande livro é uma grande alma.

— A língua é o movimento da sombra e o sol, movimento da língua.

— Encaramos de perto os mitos e eles nos encaram de longe.

— Todo o tempo ele tentou ensinar a poesia a falar português.

— Alguns não querem que o povo principie a raciocinar: é perigoso.

— Os mortos estão sempre refutando os vivos e os vivos refutando os mortos.

— O porão traz para fora a consciência.

— Só os meus contemporâneos me conhecem.

— O que não se sabe é o que já nos começa a saber.

— Não é o futuro que nos perturba, é o que o presente não nos quer dizer.

— Deus tende a reagir mais do que a agir. E reage com a velocidade de quem faz tudo novo.

— Deus é o sono que nos acorda e passa a nos sonhar a eternidade.

— É na vereda que Deus mais vai costurar a luz.

— O amor não tem argumento, só amor.

— A diferença entre o sábio e o ignorante é por milímetros ou por um golpe de vista.

— A demasiada inteligência corta e fere mais do que edifica.

E não tem a ver com o coração.

— A infância é uma pedra que cresce.

— A fé vê pela fechadura da alma o que vai suceder.

— Não vivemos a vida: ela que nos vive.

— O "eu" é o outro nome do abismo.

— Temos direito ao impossível.

— A gratidão é no tempo.

— Para ouvir o poema, é preciso ouvir o silêncio.

— Milagre não tem defeito.

— A posteridade é também feita de insensatez.

— Amar é arrendar o céu.

— A saudade enternecida é a que se compraz na língua.

— Primeiro a terra nos come. Depois comemos a terra.

— O escuro não se faz claro sem bondade.

— Não há duas confianças: há uma só.

— Se há um círculo que não termina, é o da infância.

— A ingratidão é a penúria do amor.

— Honra não sente nada, nem sabe por que se morreu.

— O desperdício tende a ser substituído pela falta.

— O verdadeiro poeta tem a memória da espécie.

— A obra-prima não se consagra pela perfeição mas por suas insolúveis contradições.

— Os autores são filtrados, encobertos, desaparecidos ou restaurados — apenas por detalhes.

— O que nos salva é que temos muitas infâncias.

— A religião é museu de cera: derrete-se diante do sol.

— A glória só o tempo cria. Mas não sei se consola.

— Cultura é o que se salva do naufrágio da memória.

— A estirpe humana não tem cor, tem sangue.

— Quem tem Deus não precisa de homem.

— A morte é o início do relâmpago.

— A fome não carece de tempero.

— O que é dominado pela dor ou poder começa a ser bicho, não homem.

— O focinho de cada instante é o engano.

— O poeta é o que também tem os olhos atrás da cabeça.

— Ficamos doentes de injustiça.

— O mal, se não for logo arrancado, pode bichar o fruto da comunidade inteira.

— Anjo é o que anda com sapato de céu.

— Naqueles olhos velhos e piedosos, havia um cão que queria ser homem e um homem que queria ser cão.

— A humildade serve a honra e a honra serve a humildade.

— Não é o criador que julga suas criaturas, são as criaturas que julgam o criador.

— O abismo é um idiota que fala e gesticula nada.

— A noção da necessidade é mais convincente que a da força.

— O que assusta não é o lobo que morde o homem, é o homem que morde o lobo.

— O combustível da amizade se foi e ele morreu.

— A única utilidade da história é para ver nela o peso do destino.

— Por deverem andar juntas: que o meio-dia da alma não seja a meia-noite do espírito.

— O homem é memória que respira.

— Se o tempo da poesia não repousa, o tempo da guerra é água que estancou.

— A invenção é Sherazade que sabe que, para continuar vivendo, há que narrar sempre. Narrar até como se não narrasse.

— Falamos do amor sem medo de persistir a falar de amor.

— Há uma falta de coincidência na loucura.

— Não tem ninguém o que ilude. Nem a si mesmo.

— Recuamos para poder avançar depois.

— O poder se cola à cara.

— Não é lícito que mortos dirijam a existência dos vivos.

— O perdão é o equilíbrio do cosmos.

— Uma só gota de amor sacia muitas sedes.

— Cada geração assume uma demência diferente.

— Se o mundo merece um coice, dê dois e nada ficará mais escondido.

— O vazio é o mais amplo espaço.

— A mágica não aprisiona, a máquina sim.

— O Espírito é um estado de pura labareda.

— No perturbado mundo, cegos guiam doidos.

— A filosofia é a água-furtada da infância.

— O medo não equilibra a razão.

— Não contem demais com a inteligência, mas com a sabedoria de utilizá-la.

— A inteligência excessiva enrola-se nos fios, assusta-se a si mesma e é como atriz que dorme antes da cena.

— A civilização ou se embebeda de poder ou de míngua.

— A violência é o desterro do homem.

— O mito é uma realidade que não acordou.

— As mais belas imagens se desplumam nas trevas.

— A linguagem dos mortos continua com a dos vivos.

— A idade só tem sabedoria no silêncio.

— Nas uvas o humano cheiro, o rumor da coisa viva.

— Tudo o que existe tem propósito, até a mais insignificante pedra. Mesmo o inútil é de inofensiva utilidade.

— Não somos nós que descobrimos a estupidez, foi a estupidez que nos descobriu.

— O mar não brinca de rio. O que é grande não força, nem sabe ser diferente.

— A entonação é um definido rosto.

— Nenhum grito confunde a dor de ser humano.

— A infância tem memória de elefante.

— Velho não é o que tem idade, é o que viveu e viu tanto que cansou e quase gastou todas as suas palavras.

— Não se conserta um idioma com outro, como não se consertam entre si as almas.

— Há que distinguir, num criador, o rol das ideias e o das intenções.

— Ninguém sabe o que a amizade nos deixa na luz e o que a luz nos deixa na amizade.

— A história tem pressa no avanço e no aniquilamento.

— A verdade é a loucura da razão.

— Matemática, formigueiro de números.

— A hesitação não tem cor.

— A política é a sereníssima ciência do porão.

— A ciência: perturbadora arquitetura no caos.

— Somos tudo o que renunciamos.

— A razão é apenas consciente no peso do limite.

— Já viram, no céu que passa, Deus cavalgando as estrelas?

— O homem apenas merece glória se for grande no esquecimento.

— A inteligência dos homens nunca será maior que a da luz.

— O ocaso é o sono da última penúria.

— Poder rir de si mesmo e das coisas é começo de sabedoria.

— Mais que a história do pensamento, os pensamentos da história.

— Lançar pedras, como se lançássemos para fora as infâncias. Só que as pedras voam e as infâncias voltam.

— O aforismo é sussurro de Deus.

— O verso é a corrente sanguínea da alma.

— O que mais pesa é o que menos serve.

— As civilizações teimam em subsistir e depois teimam em dormir sob a areia.

— A longevidade não é prêmio, é preço. Um exercício moroso na luz.

— A demasiada solidão nos gruda na sola dos sapatos.

— Dizendo é que se começa a matar a morte.

— Para o que perdura o trabalho do homem há de se unir ao trabalho do tempo.

— O amor só tem viagem na semente.

— O esconderijo do sonho é à prova de água. O do real: nunca.

— As coisas nascem de nós, mais do que nascemos das coisas.

— A memória é uma história que não quer ouvir.

— A náusea vem de uma fartura calada.

— Como posso criar laços sem me afogar?

— É quase insuportável o amor que se desfaz.

— O que está embaixo pode estar dentro, conforme o movimento da sombra ou da luz.

— É a alma que desenterra o corpo.

— O poeta é espécie quase extinta.

— Não temos porão nas ideias, temos ideias no porão.

— O que se encontra, se fecunda.

— Nada preserva a luz mais que a matéria.

— Só quem anda no fogo conhece o fogo.

— A beleza, para se eternizar, devora. Nunca se viu uma beleza feliz.

— Não são as palavras que pesam, são os sonhos que elas carregam.

— O silêncio fala sem voz.

— O talento rege a invenção; o gênio é arrastado por ela.

— A modernidade apodreceu, por se deixar levar.

— Não tente descobrir como Deus vai fazer. Deus faz.

— O amor preserva a alma.

— Ninguém é mais temível do que o que não tem por que viver.

— As metamorfoses nos recomeçam.

— O tempo sabe tanto, que não sabe.

— O que a beleza não descobre, o tempo vê.

— Cada dia é uma noite que vira o anzol.

— No segredo tudo parece igual.

— A escuridão da dor traz sempre sua lâmpada.

— O silêncio em Deus é diferente do silêncio de Deus.

— A palavra não sai de si mesma, a não ser pela infância.

— Nem tudo o que nos faz dormir é sono. Nem tudo o que nos faz acordar é luz.

— A ida para o amor é demorada.

— Os ratos do homem não têm a toca por fora. Mas nos recessos.

— Afasta de ti os perversos e dissimulados. A proximidade é contagiosa.

— O justo é madeira de lei e graça: impenetrável à invasão dos insetos.

— A educação da palavra é a educação da memória.

— Os ratos começam a formar-se — não na pele — mas na crosta da alma.

— A candeia dos sonhos é a candeia da fala.

— Cuida do poder, antes que ele cuide excessivamente de ti.

— A doença do "eu" é a ferocidade.

— Mais do que nos detalhes, Deus está nas entrelinhas.

— O que começa mal pode não ter fim.

— A fama é o princípio do desdém.

— Amor só faz amor.

— O que alguma verdade diz, é de mentir apenas devagar.

— Com os vivos afugentamos os mortos.

— O sonho faz o que quer. A razão não, é esmorecida.

— Se o amor vem com a neblina, Deus vai na paciência.

— Viver é caminhar entre diferenças.

— A grandeza tem início de penúria e a penúria tende a ser o fim da grandeza.

— O mal anda às avessas.

— Por que não adivinhar, no pavão das constelações, os pés?

— Só a grandeza pode reconhecer um fracasso enorme.

— A água tem felicidade quando senta.

— O que vira tristeza é tempo.

— O muito que se vive é o tanto que se vê.

— Vida inventa vida.

— O mito é um peixe antigo na foz ainda mais velha da linguagem.

— Não se proseia luz, só a sombra.

— Ninguém sabe que falar é ser?

— Os olhos às vezes choram para dentro.

— Amor: corpo em alma.

— Não se compra vento, como não se compra o Espírito.

— O ódio é a perturbação da casa.

— Não se pode puxar um til sequer de Deus.

— A água se despe onde começa. Não se destila na escuridão.

— A saudade é impulsiva e reconhece o amor.

— Velho é o que perde o lado de falar.

— Alma é de muita antiguidade.

— A dor é a penitência da glória.

— Nome é um recado dentro de outro.

— O morto raciocina bem mais do que a bala.

— O homem não é só quando tem por perto o vento.

— Coração aumenta sempre para cima.

— O escuro apenas é claro ao se chegar ao fundo.

— A morte quando já veio, foi. Não quer ficar.

— Louco é o que não consegue disfarçar que está louco.

— Mais do que o gênio, o que nos aproxima de um autor é a chama.

— O que é incapaz de indignar-se está de costas para a vida.

— O odor tem o mistério da alma.

— A luz não tem ferrugem.

— A mesma intimidade que nos une, nos afasta.

— O que espera, vai-se aprontando.

— O amor é descoberta de alma.

— Cada dia é pão de trigo novo.

— O coração perdeu as idades para esquecer.

— O mistério é um depósito de infâncias.

— O perigo da loucura não vem da imaginação, vem da imperturbável lógica.

— A loucura é a lógica que enferrujou.

— O conhecimento humano satisfaz a mente e o conhecimento divino ao coração.

— Quanto mais longa a história, mais deformada.

— Tem olhos de fundos riachos o cavalo.

— A seiva é incansável no tronco do coração.

— A perfeição não tem ventre.

— O coração sabe na frente, o que não percebe pelos lados.

— No bêbado até a fala bebeu.

— O que deixa a minha mão não é mais segredo, é passarinho.

— Só sentamos nas ruínas para mostrar que não lhes pertencemos.

— Não há orfandade enquanto existir um ser humano.

— Não devo lamentar o burro ser inteligente, devo lamentar o inteligente ser burro.

— As palavras é que são verazes, não as coisas.

— O que dói não é pancada de água, é pancada de alma.

— O orvalho é o fusível da aurora.

— O sonhador nadou no sono e o ultrapassou como um peixe.

— Se descanso em Deus, não paro. Se paro, Deus não descansa.

— Os mortos é que tornam formosa a terra.

— Nenhum povo consegue envelhecer com seus mitos.

— Um homem sozinho se sujeita a muitas marés. Mas se for mil, ou mais, são as marés que se sujeitarão a ele.

— A mão apertada é o coração sem entrada.

— A esperança é que vê os olhos das árvores passarem.

— A justiça de Deus não pede argumento nenhum: vem.

— Cada moinho conhece bem a sua água.

— Mudar de lugar é mudar de alma.

— As cicatrizes falam mais do que os ossos.

— Há uma viagem tão longa, que os dias não bastam para completá-la.

— O mito é um nome que cresce entre os anciãos.

— Nada morre do muito que morreu.

— Deus não atira ao léu, atira muito certeiro.

— A vida só quer viver.

— Estou feliz quando estou na palavra.

— O que é livre pensa em todos.

— O ouvido é mais velho do que as coisas.

— Não olhe para trás o que vive adiante.

— O mundo está enevoado de pensamentos.

— A infelicidade é uma noite que não termina. E a alegria: a duração da manhã.

— A história é a do homem atrás de sua alma e outras vezes, a da alma atrás do homem.

— Não é a inteligência que faz o pensamento, é o pensamento que faz a inteligência.

— A loucura é o raciocínio de Deus.

— O reino é a alma do segredo.

— O poder é sede de si mesmo.

— Ele é caridoso com os pirilampos.

— A velocidade não tem razão alguma.

— As coisas ou se clareiam ou se desfazem. Tudo é metamorfose.

— Ninguém se esconde de si mesmo em nome de Deus.

— A narrativa é filha da escuridão e neta da cegueira. Por isso ama tanto a luz.

— O que vem de nascença, vem da alma.

— Renascer das cinzas é subir com as brasas.

— Nove vidas tem o sonho como o gato.

— As almas e as águas são do mesmo rio.

— É inconfundível a fumaça na luz.

— Os velhos para-raios enferrujaram de trovões.

— O ódio é caixa de abelhas zumbindo.

— Os que se amam se reveem no vento.

— No fundo do desejo há uma raiz de nada.

— O verdadeiro já reina em ti com o cetro dos dias.

— As vogais no poema nos encaram estúpidas.

— Não permitas que o novo seja o fungo que cresce no fundo de teu quintal.

— A grandeza não tem ciúmes.

— O domínio vem da dependência.

— Tens um espelho secreto e não o exponhas.

— Retém tua infância, mantendo-a viva, e nada a roubará.

— Guarda o milagre do bronze na fundura.

— A poesia sabe mais do seu silêncio que de sua palavra.

— Uma epígrafe acende o texto.

— Viver é dificultar a morte.

— Não há dois diamantes iguais crescidos na mesma mina.

— Quando menos se espera aparece um tigre. É preciso amansá-lo.

— São terríveis as sandálias de marés por calçarem qualquer pé.

— O que acaba não sabe mais voltar.

— O parentesco da traição congrega mais do que o do sangue.

— Importa mais, que a alegria da inteligência, a inteligência da alegria.

— O grotesco é a seriedade nua.

— A história é uma grande distração.

— Deus é o detalhe e o escondido. Vê onde ninguém percebeu.

— Os pensamentos não são mais importantes que os homens, nem os homens apenas pensamento.

— Quem lê para dentro já perdeu os olhos.

— Os anos vivem de tão velhos.

— Quando os sonhos se atropelam, os profetas se confundem.

— Não somos nós que deciframos os mitos, são eles que nos decifram.

— Escreve-se com a verdade, ainda que se esteja mentindo o tempo todo.

— Defunto é o que não consegue ficar só.

— Ninguém tem culpa de viver, mas de não ter sobrevivido o suficiente.

— O ódio tem voltas de amor.

— O esquecimento nada mais é do que ocultar-se demasiadamente.

— Quando se tem tudo a dizer, não se carece de palavras.

— Seria decepcionante que os pássaros, em vez de cantar, falassem.

— O avisado atrás da rocha aguarda.

— Ele queria que Deus não se desse conta dele, mas ele já se tinha dado conta de Deus.

— A luz só é pesada para quem a ignora.

— A maldade tem ouvidos que se assustam da língua.

— O verdadeiro pensador é o que precisa repetir-se para inventar.

— O santo e o louco são os que não necessitam se explicar, de tanto que se explicam.

— Os novos povos são a vingança dos que desapareceram.

— Nunca se aprende o suficiente, nada se aprende em nada.

— Ninguém unifica a infância: ela que se unifica.

— Os mortos se poupam da curiosidade humana.

— São tão desconfiados os mitos que não se entregam aos colecionadores.

— Ao se extinguir a infância, nos extinguimos.

— Não escreve poemas, deixa que os versos te caminhem.

— Ele enriqueceu tirando utilidades do que é inútil.

— As palavras se carregam de mais palavras e a alma de mais alma.

— Nenhum pensamento é ao pé do pensamento e nem o espírito ao pé do espírito.

— Os poetas não sabem nada mas adivinham tudo.

— O homem deve ser construído de novo.

— O tempo sabe a dor de não ter nada.

— Só é vivo o texto que deixa rastros.

— Cada nuvem nos lê para que chova.

— Não se tira Deus de nada, Deus é que nos pode acrescentar ou tirar Dele.

— O céu é exato e sem dispêndio.

— As palavras não carecem de repouso como nós.

— O perigo da imortalidade é esquecer que vivemos.

— Heráclito de repente envelheceu e não quis mais ser jovem.

— A história não ensina mais do que aprende.

— Há um processo de tomada do poder que se assemelha ao do despojamento.

— A noite não tem avessos.

— Os sonhos vivem de imagens e as imagens, de sonhos.

— Só a inocência engana o sábio.

— A esperança tem borboletas na ponta.

— Dá o passo conforme a queda.

— O senso é a razão que se gasta.

— Quem conhece a longevidade não vê que está nascendo.

— A ambição não corre mais do que a infância.

— Um cavalo tem o humor nos dentes.

— A polidez é burocrática.

— Amar é inventar palavras.

— Deus tem céu na mão.

— A erva ruim não queima geada de alma.

— O fogo devora o fogo.

— O corpo é o preço da alma.

— Ninguém sabe o que pode um grito.

— O celeiro é o pai do grão.

— Deus escreve no avesso por linhas certas.

— O coice não distingue o burro.

— A água engorda com a fortuna.

— Os homens só se medem na fome.

— Quem fala em voo, já voou.

— O escorregar do pensamento é como o escorregar do pé.

— Pôr o tato na luz é ter gaguez de sonhos.

— Deus, quando avisa, não demora.

— Educar é sonhar dobrado.

— Os frutos são as conversas das árvores.

— A semente é uma verdade que explodiu.

— O que é prudente tem boca curta.

— Com noite não se brinca.

— Não acordes o sonho que dorme.

— O segredo vale para um só ouvido.

— Há que acautelar-se dos amigos, para que não se tornem inimigos.

— A língua é um fogo que nos une.

— O escritor não é cego, cegas são suas palavras.

— Não sabemos a cara dos personagens, os personagens é que guardam a nossa cara.

— O romance não é uma categoria, é uma imaginação poética.

— O erro no espírito é estilo; o erro na carne é deformidade.

— A prosa se oculta na poesia, mas a poesia não se oculta na prosa.

— O poeta é um louco que sempre volta à tona.

— O que nos assusta é a mistura de naturezas, nunca a natureza.

— A palavra não ama sozinha.

— O pessimismo é uma doença democrática.

— O velho é uma cova que anda.

— A idade não debilita o ódio, nem o amor.

— O brilho das coisas é o nosso.

— O método não duvida, predica.

— A insônia é uma história que não despertou.

— O que possui, começa a morrer.

— Viver é não resignar-se.

— A dor tem ganidos de animal.

— A revolução só tem um espírito, o de triturar.

— O louco é a emoção em estado bruto.

— Quem termina na escuridão, termina só.

— A inteligência maior é a que discorda de sua época.

— Respiro o desterro da alma.

— Ninguém se torna andorinha por gostar da primavera.

— A fome não espreita o que come.

— A experiência engole as teorias.

— O engano vive descalço.

— A sorte não carece de guarda-chuva.

— Teu corpo é mais sensível do que a tua alma. Por vezes se confundem.

— Deixa a tua imaginação correr e vai atrás, como de um galgo.

— Não há galgo igual ao redemoinho de litúrgico fogo.

— A verdade é o desconhecido que nos ensina a ver.

— Quem dorme já está morrendo.

— As pernas da chuva afrouxam e as de Deus apertam.

— O que não podes fazer hoje, deixa para depois de amanhã.

— Se o amanhã não chegar, tu já chegaste antes.

— Só o ódio pode nos prejudicar. Ilesos na inocência nada vemos, e nada pode atingir-nos.

— O tempo nunca mais será divisa. Nem para seguir, ou retornar.

— Há, porém, retornos mais vazios que a pedra sobre o lago.

— Repetir-se é o começo da extinção.

— Há raças que se vão pelas areias e poucas permanecem, ou se escreveram nas estrelas.

— O que a luz nos dá, só a luz nos tira.

— O amigo carrega o amigo, porque o abismo a ninguém carregará.

— A luz não sabe nada de si mesma: esquece-se de tanto iluminar. E por isso que é luz.

— O que não suporta a ruína também não suporta a alegria.

— O dano está na culpa, não no sonho.

— A mentira nos recusa e a verdade nos leva.

— O vazio apenas se preenche com fôlego de Deus.

— A fé é uma longevidade divina, mas também humana.

— A amizade, fronteira do coração.

— Para se ir, há que saber voltar.

— A saída é bem mais sábia do que a entrada.

— O chapéu: telhado da alma.

— Divina é a palavra esculpida com o sol.

— Quem se espanta de encontrar, é porque não encontrou.

— O que encontra, sossega.

— Há um mínimo de destreza para viver e nenhuma para deixar que a chama se apague.

— Onde a serpente entra, a insurreição começa.

— Sem a luta com o Anjo, a fé não se sustenta.

— A injustiça é uma gaiola: encarcera quem a faz.

— Deus não dorme, não precisa dormir. Nós precisamos continuar com o sonho, existindo. Achando que é eternidade o sonho.

— O tempo, ao possuir o que nos vê, vê além do que vemos, sem possuir.

— Se a água é muito alta, somente pelo Espírito, a nado, atravessamos à outra margem.

— Criar é destemperar os climas do possível.

— Estou de pé na alma e é o corpo que obedece.

— Apenas a vida conhece o sopro que ela tem. Nós não.

— O movimento para trás. Pode ser para a frente.

— Digredir é construir às avessas.

— Quem não transgride o topo da matéria, morre.

— A arte sozinha não prepara para a morte.

— O poço pode ter um sol dentro.

— O tempo só cria regras aos que são dele.

— A palavra só se desnuda na paz.

— O que se revela não tem como seguir adiante.

— Nós é que lapidamos o mundo.

— O bêbado é a garrafa entorpecida.

— O desconhecido nos leva até o fim.

— A infância tem uma pomba nas crinas.

— O amor quebra a língua do tempo.

— O silêncio não tem boca e morde.

— A alegria é uma rajada de milongas.

— O que ama, principia a voar.

— A lua é a tumba dos vivos.

— Até o céu tem sua infância.

— As ruínas percebem a glória. Mas a glória não percebe as ruínas.

— O tempo é a lenta e irrevogável justiça de Deus.

— O medo é um saltimbanco morto.

— O livro: aquário adormecido.

— Nós nos curamos de nascer.

— O sonho é um país distante.

— A matemática tem asas de números puros.

— A palavra não morre pela boca. E a boca morre sem palavras.

— Viver é abrir cancelas.

— A lisonja é um riso na vaidade.

— O criador verdadeiro tira da circunstância apenas o que era dele.

— A crítica é um esforço de lembrança.

— O artista recupera na arte o que perdeu na vida.

— Só é romancista o que suporta suas criaturas.

— Poupa-se somente o que vai lá no fundo da garrafa.

— Se não é a vida uma obra-prima, há de ser a morte.

— A intensa obscuridade pode advir de intensa luz.

— Os gestos convencem e a razão desconfia.

— Dúvida, asma da consciência.

— A guerra engole a todos, mas tem fome por quem a gerou.

— Temos muitos lugares onde cair morto e poucos para nascer.

— O tempo corre mais depressa que nós e depois corremos mais depressa que o tempo.

— O governo tirânico é um palco entre loucos, surdos e mudos.

— Quem perde a si mesmo, perdeu o mundo.

— Velho é o que descobre a infância sem medo de estar no escuro.

— Homem, água de fogo.

— A poesia não mata, acorda, consola, tenta entender.

— Mestre é apenas o que ensina a viver.

— Os sentidos não educam a esperança: gastam.

— A luz tem seu próprio alfabeto.

— O que parece que custa a ver, já viu.

— Quando um pássaro canta, a realidade estremece.

— Só perde o sonho o que não sabe despertar.

— Somos unânimes na alegria dos sinais.

— A inocência e a bondade dissolvem o lacre lascivo da ironia.

— O agiota é a muleta dos juros.

— Milagre é o desconhecido que começa a andar vagaroso até queimar.

— A palavra só se move no Espírito.

— Fala, fogo do homem.

— O amor é o que não pode mais desamparar.

— Ninguém nos sonda dentro da luz.

— A verdade nasce, cresce e morre pela boca.

— Deus é grande, tão grande, que seu eco não tem volta.

— Amar é ter muitas almas voando entre dois corpos.

— Como a maçã, a morte não tomba longe do pé.

— Cai de maduro o forte: a madureza é da morte.

— Compõe-se de amor o dia.

— O que está no cume, pela raiz percebo.

— O apressado come vento.

— Nada sabe o esquecimento por si mesmo. Nem se engole ao próprio peso.

— O amor só envelhece no porão. Pelo alto, nos vãos, é todo verde.

— O esquecimento é um lago. Ficou mudo de nascença.

— Na fábula, queda-se muda de infância a árvore.

— A flecha atirada pela ponta se deita.

— Cavalo dado não se olha a venta. Nem de que galope ele se inventa.

— Quem toma ar da garça, precisa voar.

— Amar refaz no corpo a alma inteira.

— Não há morte das palavras. Apenas palavras-almas que se elevam.

— O olho do servo engorda o medo.

— Nunca se morre de além: morre-se de fim em fim.

— O desequilíbrio dos pássaros nos atinge.

— Nenhum reparo diante do limite, onde choro.

— Resistir é planar.

— A medida do homem na manhã tem muita fome.

— A lembrança é abstêmia e não come.

— Quem não apara as palavras pega o pensamento no tropeço.

— A loucura não envelhece a si própria. Nem perde alma.

— Inveterada é a embriaguez da infância.

— Deus não deixa rastros na costura.

— O que enferruja o tempo é o senso que dele escapa.

— O nó que mais prende é a sombra.

— Cão que muito ladra apenas nos morde o sono.

— O amor é desfrutar as estações do corpo.

— Prefiro um céu sozinho na mão a vinte longe, com pássaros voando.

— O que esquece está na foz de um oceano que desce.

— Morrer é mudar a árvore de sombra.

— Prende-se em si mesmo, o que cala.

— Viver é resvalar ao fundo da semente.

— A alma não se muda. Despede-se por dentro.

— Quem desinventa a morte, se desvenda.

— Só morre quem é da morte.

— Há de ter muitas infâncias num só beijo.

— O amor só refaz em nós o dom do que é mais fundo.

— Renunciar é desmontar as asas, enlouquecer a luz.

— Não esmago: me desprendo.

— A inocência é uma menina que sabe ser ditosa.

— O que não entendes: deixa ao vento navegar.

— O sofrimento é um silêncio insone e sozinho. Um grito de pedra.

— O sonho é a vitalidade que rebenta das entranhas.

— A ordem das coisas há de seguir a ordenação da vida.

— Os símbolos são atos.

— Utopia, último fragor da esperança.

— A estupidez é a cocheira da alma.

— Fica-se novo por ver tanto e velho por nem tudo entender.

— Santo é o que enlouquece de Deus.

— Não se lança porcos às pérolas.

— Se o bicho em nós avançar, rói a nobreza do homem.

— O que tem de ser do fogo, a brasa não come.

— A extinção do poeta é a extinção do fôlego da luz.

— Não se pode estabelecer a verdade, é a verdade que nos estabelece.

— O céu deve ter muito da infância.

— Ser humano: processo sucessivo de amorosa piedade.

— A água-furtada é a alma.

— As palavras me olham como peixes fora d'água. Talvez para assustar-me na ferocidade.

— Só inventamos o que já nos inventou antes.

— A realidade é o esconderijo da razão e a razão não se contenta com a realidade.

— Não há leis entre as nações, só interesses. Mas a ruína de um país é a falta de princípios e a ruína dos princípios é a ordem do terror.

— Se a civilização não assumir sua humanidade será subitamente invadida pelos gabirus e esses pelos novos bárbaros, os ratos.

— Os conceitos se degradam com os homens. Ou se aperfeiçoam com os sonhos.

— Sonâmbulo é o que dorme na inteligência e desperta vagando na política.

— A saudade é um subúrbio da infância.

— A semente, uma águia. Enterrada, é que voa.

— Viver é estar com Deus.

4.

Leitores, vi Uzias e conto porque estava rodeado de uzias, no aldeamento de meu pai, sinistros, com negras máscaras. Cercaram-me, dentro de um quadrado de caninos. — Vim visitar meu pai! — referi. Como se os assustasse. Aconselhavam-me que me arredasse dali, decidindo poupar-me. Espécie de condescendência. Odiavam meu pai: era mais homem do que bicho e não se mesclava àquela estirpe. Os corvos mostravam um gato morto na colina. Eles o carnearam, deixando os brancos ossos. E por necessidade me esqueceram, querendo os destroços do animal, a vazia carcaça. E planejando a queda deles, afastei-me e aparentemente os esqueci.

5.

Para Uzias, nem tudo era aberração, e o termo é interpretado de acordo com o poder dominante. O que é para uns não o é para todos. Ainda que o gabiru pudesse ser classificado como o mais rato entre todos. Ao roer um volume de Paul Valéry, não conseguiu digerir, talvez pela casca mais dura das ideias — e preservou uma frase: *"Um leão é feito de carneiros assimilados."* E daí foi induzido para outra, que ele inventou: *Um gabiru é feito de ratos assimilados num só homem.* E partiu, em ração de relâmpagos, à outra: *Um homem é feito de gabirus assimilados.* E não há identificação certa a quem se preze, valendo pelos reflexos, tal controle de situações repentinas. Suas reações, para serem respeitadas, ou mediavam a loucura ou a investida belicosa, para que a vítima não possa sequer raciocinar. Teriam os gabirus algum espírito, se a bestialidade os envolve e os separa? Nem fortes, nem fracos — mas o que a circunstância gera. Se frágil a condição dos oponentes, eram demolidos. Se forte, eram evitados. O que importava: armarem-se com os dentes. Quanto menos espírito, mais gabirus. Quanto mais homens, mais espírito. Há que ter a cara virada para os túneis, porões, recessos, os escuros da fala. Para não dizer dos guinchos que, com inteligência, vez e outra, consideravam-nos marginais da sociedade, diferentes. Também por não terem sido educados para a civilização da infância. A caça e a plena animalidade eram-lhes mais que virtudes cívicas, única opção imposta, sendo-lhes negado o mais. Resolveram aprofundar-se com os dentes. Inoculando, com sua fome, a peste. Iam aos pés do grito, iam aos pés da alma: raça ignóbil, perseguida, renegada. E sem esperança, resistente.

6.

Tudo o que não desejaria contar é o que eu, Pompílio, vos conto. Meu pai envelheceu perdendo olfato, audição, ciente de sua própria fraqueza. Porque lucidez não perdia. Crescera-lhe a vontade de andar manso. Sem meter-se em coisas alheias. Ou mais provocadoras. Reduzira-se ao máximo seu ânimo triturante, *o abissalis* rastro. Ficava no seu canto, enquanto os mais jovens se robusteciam no empenho do poder. E ele sorria, afirmando: "Para baixo todos os tempos ajudam!" E chegou o momento em que os jovens rebeldes se uniram e o retiraram da chefia. Na marra. Autossuficientes, não queriam mais que um velho os comandasse. Deram-lhe benévolo exílio: trancaram-no em casa, sem o deixar sair. E pelo fato de os jovens não se amedrontarem, o povo os aceitou, com uma e outra oposição. Meu pai, gabiru encanecido e cansado, trabalhara para a comunidade que amava e não se zangou nem um pouco. Disse: "O sangue novo pode nos restaurar. Mas é preciso sangue de homem, não de rato!" O profeta Longinus foi-lhe solidário, o que causou temor ao atual chefe, Uzias, olhos de chumbo e corpo atlético. Parecia um leopardo-gabiru. Dentes imensos e cauda proeminente que girava (nela pusera guizos que tilintavam). Possuía, no entanto, o pelo, os braços e as patas de um rato. Não andando de pé, andava de quatro. "A ferocidade da espécie a levará ao fim, se não se arrepender e mudar" — profetizou Longinus, com as pupilas de um tempo não remoto. Natalício se resignou à sua sorte: não a de seu povo. Tornaram-se, Longinus e ele, intrusos no próprio ninho, com o alimento subtraído, cinicamente, pelos rivais. Foi nessa ocasião que meu pai escreveu-me uma carta sobre os acontecidos, enviada através de dois antigos subordinados. Dizia: "Filho, tiraram-me a liderança. Talvez pela velhice. Restaram alguns fiéis. Tenho a favor de minha descendência: a profecia. Exausto, aproximo-me do fim.

Não poderia vir, meu filho? Cláudia poderá também ajudar a este povo. A produção escasseou. Por não terem rumo, vão destruir e profanar todas as coisas. E se a terra não der frutos, voltaremos à miséria. Com mais roedores do que nunca. Provindo de novo o vício, depois a necessidade, depois a animalidade absoluta, sem consciência alguma." A partir disso, comecei a conspirar. Aos poucos. Aproveitando-me da irritação que ia tomando o povo. Faltava experiência e sabedoria ao dirigente. Em vez de usar a lei, a força e violência eram axiomas do governo. Levando o instinto de roer ao paroxismo. Seguindo o *Montesquieu dos gabirus*, Farsallo Dantas: de olhar daltônico, dentuço, terno de dândi e unhas aparadas. Defendia a teoria da "Nova República", assinalando que o período sombrio seria o de governar, conquistando. Quem tentar assumir outros estágios de poder vai carecer de cautela, dissimulação. Sendo forte. "O poder da força é a força do poder." E a riqueza advirá dos saques. Concluindo: "O rato, como o homem, não há de esquecer os perigos e a constante ameaça, cercado de todos os lados." Além de Cláudia e de um amigo, não contava com ninguém. Fiz um plano, leitores, de os alcançar na própria armadilha. Eram três os insurgentes belicosos, tinham astúcia política, que é arte de ficar em cima do muro. O tal plano, por mim forjado, haveria de atingi-los: caçando neles o que é do homem através da malícia, para alvejar o que é do rato e sua trituração insaciável. Não seria arapuca aos homens, presos à ambição e aos queijos, com os buracos de teoria.

Não usaria armas para matar inocentes, e sim algum estratagema que tocaria certeiramente os inimigos. Obtive o mapa da comunidade, da casa do chefe: horários, manias, fraquezas e qualidades. Antes, busquei o Deus vivo de seu pai, o Deus da palavra, que tantas vezes ouvira, em casa, com a leitura do *Livro do caminho*. A mãe quando viva, servia-o, fidelíssima. Vinha do avô sua fé no poder da Palavra, o traçar do círculo e o céu se locomovendo como no vento. A palavra — ato que tinha alma — esvaía toda vertigem roedora. Por ser o não ao animal, sem sujeitar-se aos dentes. E essa adesão era iminente. Com amor e amizade do Senhor dos universos. Era o instante de buscá-lo, achando em Cláudia a mesma fé. Ali os gabirus não conseguiam pousar os dentes, nem devorar, porque estava a Pessoa das Pessoas, exemplar escandido de milênios, misterioso, desvendável no lume, a cada letra. Como um sonho que se abre sobre a vívida pedra: Cristo, a que os construtores rejeitaram, tornando-se angular, de esquina. E um dia, virá entre justiça e glória. Conhecera-o numa igreja feita de pedra. O Pr. Toninho (poeta nas horas vagas) conduzia as ovelhas unidas pelo sangue, que é Espírito. Há que educar a infância, educando a alma. Com a boa vontade dos loucos e a parcimônia de quem não pode tocar em óleo, antes da ferrugem, nem tocar na palavra do sol que a poupou. E romariavam de um lugar para outro. E o que conseguisse pegar a palavra, ela o fazia levitar. E era economia de Deus, dádiva aos seus eleitos que tinham fogo na boca e se rodeavam com operação de maravilhas, como a de curar enfermidades, ou ajudar no alumio da vista aos cegos. Esses eleitos voavam em todas as direções da palavra e o mundo era brevíssimo e não havia mais divisa ao coração do homem. Tudo começava quando parecia acabar.

CAPÍTULO OITAVO

Encontrei o profeta Longinus na orla de Assombro, dando ânimo que mudava a água das fábulas. Entregando uma palavra que não acabava, capaz de compreender os homens mudos, atravessados de rancor. Não admitia hipocrisia, nem falsidade, porque a palavra percebe e se fecha, até que tudo se ilumine. Longinus então falou de Natalício endurecido como rocha, esperando que seu povo saísse da solidão roedora, para nova estirpe. Aguardava-me e nele ninguém ousava tocar por ser sagrado na comunidade. E o que é sagrado não é o homem, é o amor que floresce seu movimento, tal um bosque de margaridas. E Longinus voltou, intocável e temido. Martelo na penha. Outras vezes, cutelo de tribulações. E o tempo de meu pai fenecia a olhos vistos. Acabaria em sua morte, com o ódio dos ratos contrariados. Mas já resistiu ao seu veneno e ainda ficou mais resistente. De prová-lo, não produzia efeito algum, rindo-se dos inimigos. E até dos relatórios do conselho do governador Quevedo, sobre a conferência a respeito da destruição nacional do rato, com o fim da peste. Debruçados sobre a pesquisa, poentos bibliotecários, insignes leitores, ou representantes das erudições nobilíssimas, carreavam no íntimo: o raro gênio das agudezas roedoras. E se os gabirus não alcançavam exterminar os ratos em seus estomacais esgotos, ao menos os controlavam, para que não se tornem ameaçadores e infestem Assombro. Uzias, o despótico iluminista dos gabirus, fanático de Diderot e dos outros criadores da enciclopédia francesa (de que devorara inúmeros exemplares), protestava, cada vez, pelo fato de Voltaire não haver escrito um verbete dedicado aos formidáveis donos de afiadíssimos incisivos, cujos pais originários emigraram da Ásia, a Sudoeste, chegando à Europa no século XII, embora haja controvérsia com Alberto Magno que os localizou no século XIII. Passados dois séculos, viram-se as ratazanas excomungadas pela Cúria Romana, como hereges. Só não foram queimadas em fogueira pela Santíssima Inquisição por ser difícil julgá-las — tantas que eram — e mais difícil ainda extingui-las. Isso tudo desfilou pela mente grávida de Uzias, animoso e experiente. Administrava os gabirus pelo instinto; ao regê-los, equilibrava-os nos limites, como num cinto de andarilho. Chegavam a pensar que o gabiru era ser normal e humano, anomalia. Como se todos, surdos e mudos, não pudessem admitir que alguém falasse e ouvisse. E quem esses sentidos possuísse era anormal. Porque eles eram o mundo. O mais sisudo, por exemplo, batia no peito igual a um macaco e alardeava: — ser feliz é ser cada vez mais um bicho e o bicho, gabiru! Será que tinha ainda de humano o rosto?

2.

Não desisti do intento de resgatar meu pai. Com Cláudia cresceu a palavra, não querendo mais andar solitária, avolumando-se, até engatar pelas coisas, frinchas, reentrâncias com vocábulos antigos, diante de um tempo cada vez mais próximo. Que empurrava o tempo. E nós, com sólida madeira de barco, bem-equipado, navegamos à outra margem, ao sopé da colina da gabiru comunidade. E atirei monte acima a palavra, capaz de libertar meu povo, precedendo-me, ecoante no meio de trovões — ribombos, desencadeando pelos ares uma pedra, desenhando com minha mão o círculo. E aguardei que se juntassem nuvens: o céu foi-se alteando e a palavra levantou-se e vi Deus, de soslaio, sobre o redemoinho. E ouviu-se: "Cumpra-se!" E Ele desapareceu como um navio com o vulto de chuva. E eu, Pompílio, chorei muito sobre o povo. E o povo era eu que chorava. E ergueu a voz profética, no centro do aldeamento, Longinus, com autoridade. "Há alguém aqui da raça humana, ou todos os gabirus sobrantes sois?" E ficou atônito o povo. Ratos de ratos, sem peso de homem? E afirmei: — Quem vos governa, mal o faz. Precisais de alguém que saiba ser humano. Bradando: — A força não é boa, nem má. Por isso determino a mesma palavra sobre vós e os que nos aborrecem fiquem encarcerados no Trovão! — Vi que Uzias ficou preso em gaiola, de palavra, como um canário, no mesmo instante em que Natalício cerrava as pálpebras, como um fio que se rompeu, ao lado

113

do filho, mais Cláudia, Longinus. Todos choravam pedras de olhos, pedras de um firmamento cego. Natalício sereno. E agora em Casa.

3.

Com ossos de velhice envergonhada, sem não antes ver seu filho, o pai expira, sem nada de roedor, já humaníssimo. Morrer é resignar-se. Duro foi para Pompílio contemplar o genitor caído como um balde sem roldana no mais fundo poço. Uma roldana sem o balde. Roldana inerte. O poço todo dorme em Natalício, junto à morte, como uma pedra grávida de flores. Lá dentro do sonho estava e nós por fora do cristal lapidado, duro. Comovido, o povo acompanhou o enterro. E é Ovídio que alerta nas *Pônticas:* "Tem morte mais suave aquele a quem a onda abisma./ E não quem cansa os braços no raivar das águas" — lembrou-se Longinus. Pompílio, impávido, no leito do imóvel pai, de novo soltou avoante uma palavra-bala. E ela atingiu Uzias, encarcerado em gaiola do círculo, com seus cúmplices, ali, sobre a mente, como a pedra na cabeça de Golias. Isso se deu quando Natalício repousou no solo sem nome, ou sem as grades de antes ou depois, em lugar esquecido. Por ser terra inteira. Talvez a mais agreste, inóspita. E o esquecimento: água que parou.

4.

Antes de todo esse acontecido, Uzias conjeturara: era alguém que desejava viver, rejeitando a lei imposta. Depois, derrubado de palavra, ferido — porém não morto, —, tornado prisioneiro, renegou os traços de ser homem. Não gostava da civilização, o que não lhe significava desdouro. Caçar era o intuito, avançar no seu lado de fera. E não podia fazê-lo, se o homem estava ali, mais néscio do que ele. E um diálogo nas suas ideias se deslocava em um balanço de um lado a outro. Como se o homem lhe dissesse: — Ser-te-á vedado caçar, tens de ir embora! E se opunha (os pensamentos se digerem, quando ávidos): — Vou caçar hoje! — Não! Tens ritos e deveres! O prazer é acréscimo. — Quero caçar com o animal que sou contra a ferocidade e manha de outros, porque não vivo sem roer, corroer, destruir. — De forma alguma! — retrucaram-lhe. E o pior. Pedes para caçar e, sem licença, continuas caçando. Não te reges pelas leis. — Que leis? Acaso alguma me impede a existência? Tens que existir no Sistema e jamais fora dele. Renuncia a essa caça perniciosa, brutal, sim, renuncia, que te darei honras, funções, condecorações, medalhas. — Não renuncio à caça, nem ao poder que isso me traz sobre a presa. Não renuncio à minha realidade! Desdenho esta grandeza humana. Não a quero para mim, ou aos meus. É verdade que, tendo o senso de ver os meus ridículos, que são inumeráveis, nada faço. Não, homem, zurrando, ainda cumprirás o castigo que, eu, fera, te imporei! Minha imaginação, às vezes, paixão perseverante te fustiga. Caçar é amor e não sabes amar? Não há diferença entre os escombros. Só entre os vivos.

5.

(Uzias ainda preso na palavra, noutra parte da aldeia, com garranchos iguais a dentes, escreveu este libelo de gabiru, deixado por um cúmplice na porta de Pompílio)

"Para mim, caça é alimento. Não me diverte! Selvagem, homem, és, mais do que eu. Vê as ruínas que deixas nas cidades bombardeadas. E ainda de ferir te vanglorias com a técnica na guerra. Selvagem no comércio e se não tens argumentos, inventas. E a ti próprio, o que nunca foste. E se tua maldade se distingue, quero a minha: agressora. E se tua malícia é tão bondosa, a minha te devora. Tesouro não espero, nem aspiro a nada, salvo o vínculo (minha voraz fraternidade) e os dentes, os dentes na vítima. Já cresci em grilhões, vesti-me de engodos, convenceram-me a dissimular. Arranquei-me, em vez da voz, grunhidos porque apenas agarro o grito. Nem morada achei em ti, homem, mas tocas, covos, grutas, como força cega. E enchi de vazio, o vácuo de ser o que não sou. Um bicho apenas, rato soez, sob as arcadas e as pontes, em canais ou às vezes lá nos sótãos sossegados. Tudo o que fiz e tenho é inútil por minha natureza que elimina a outra e vou tirando qual leproso esta epiderme se solvendo. Sou espetáculo e caço os demais seres, por caçar-me desesperado. Grotesco, frio, como encher o cântaro de animal com alma? Insignificante ao meu pai e a todos, sou besta que se preza, ó angélico humano! Como animal, debalde sacrifico o pelo e as garras nos penedos, ante um Deus que não compreendo, não me aguarda, nem me assenta em sua tenda. Sou viscoso e nojento, falta-me amor que sobra ao desespero. A energia mais me atrai que a inteligência. E a carne mais que hipóteses de sombras e doutrinas ou antiquadas matemáticas. Achas que isso é puro? E o valor arbitrário com que, homem, equilibras dádivas e males. Também irás à cova, como eu, talvez solene, também tens fome e sede, também fazes amor tão, ou mais lúbrico, lascivo, com ares sutis, discretos. Também matas e te mostras amigo. Trais com o mesmo braço que, ao traído, alentas. Recusas o instinto e eu te recuso! Queres dar-me remorsos, culpas e os não acato. Quimera ou embuste somos — tu e eu. Tentarás esmagar-me em ti e eu te irei morder de fúrias, doenças, guinchar aos teus ouvidos delicados. Se és cego, também sou; nem sabes onde em tua lucidez. E é desvairada no gênio e aplaudida entre os medíocres, bem-acomodada. Mas é a mediocridade a única que cresce, aperfeiçoada. Minha solidão não é refém da tua. E se uso vocábulos (mais me usam), é para atacar-te com os ditongos desgarrados. E às vezes não alcanço a ser palavra. Mas jogo infinito de infortúnios. E fui comprometido e minha infância enterrou-se com os sarcófagos. Sou deserto, grotesco, tantas vezes desproporcionado, tantas vezes risível pela cauda. E se levas livros, nem por isso são reais as doutorias e tampouco alcançam diplomar-te na animalidade mais viril, sem pôr a cabeça entre as razões, mancas, titubeantes, vendedoras de trabucos horizontes e poentes. Prefiro as minhas quatro patas às tuas duas, bem mais onipotentes. Vales o que um russo, amigo de adolescência, afirmava, sarcástico, que os humanos 'eram como fuzis carregados por trás'. Nós, gabirus, somos carregados por todos os lados, até pelos calcanhares das patas. Então, de onde vem a tua empáfia? A não ser que estejam trocados os fuzis e os calcanhares — o que não creio. Ou talvez me 'engane pelos calcanhares' (expressão que, soube, teria escapulido de alguém, que não recordo, ao expirar). E vós ainda falais em calcanhares dos nobres princípios, ou calcanhares da alma? E prevejo que me execrarás como Voltaire (não podes negar-me certa erudição originada dos livros que comi), cujo cadáver não foi aceito em nenhum cemitério da capital de seu país, encontrando a melhor maneira de me enterrares: ali, no ar. Então sou fragmento do céu ou de um solo muito mais misericordioso. Quero chafurdar, onde não me dás garantia de existir. E entre ti e mim, não há pacto. Não há pacto! — repito. E 'o que conheces sobre o que é bom nesta vida, homem, por todos os dias de tua vaidade, que gastas como sombra? Por quem dirás o que será depois de ti, debaixo do sol?'. Por quem declararás? Caridoso sou com todos os dentes, podes crer! E crerás, se és culpado por desertares do concerto entre ratos e humanos, tão próximos. Não te queixas de nós, porém de ti mesmo, pois não te emendas da orgulhosa obstinação.

Atraiçoaste a memória dos nossos antepassados e isso te atormentará por teres ido contra ela. E se não retornares a gabiru (paradoxalmente, brotou-lhe esta expressão que desafinou em seu discurso com sua aparência deformada), hás de ser o monstro que tu próprio geraste. E a comunidade está abandonada à sina que escolheste. É nada menos que Píndaro, insigne espécime de tua raça (roí, guloso, Os *hinos triunfais*, que ele escreveu), que declara: 'Quão propenso é ao engano, o ignorante espírito dos homens.'"

6.

(Resposta a Uzias)

Indagando como Uzias retirou tantas palavras de dentro da jaula da palavra, onde se achava, Pompílio contestou, em mensagem escrita à mão: "És o que não discerne. E do homem, nada tens, nem olhos, corpo. Alma de ratos! Não podemos seguir ao pé da letra, mas ao pé do espírito: o que não sabes. E o que anda em espírito, não afunda o pé. Como a luz a caminho sobre a água. O espírito reconhece o peso que não é seu e o desliga, com a natureza mais reconhecível que as papoulas. Ninguém prende com os pés a alma. 'Vos apoiais em débil ramo, porque, embora ratos ainda não cessaste de amar um homem.' És tão soberbo, escuta de novo Píndaro: 'Vossa vida está limitada à de uma árvore.' E o teu nome é raça nas cinzas do futuro. Quando a humanidade for extinta. E o futuro te fala: não o queres ouvir. E se o futuro for calamidade, por que sobreviver na terra, quando Deus nos leva junto? A escória só na escória se enternece."

7.

Pompílio sentou em círculo, dizendo a palavra que soltou, no devagar diante de Uzias e os dois assessores, mais Longinus que tomou lugar, com a testemunhal presença do secretário do governador, Ataulfo Nunes, chamado às pressas: de cara séria, gordo, fatiota escura, óculos mais escuros ainda, voz sem praticidade alguma. Pois não chegava aos "finalmente", resvalando nos pedais dos termos e propósitos. Ninguém lhe dava confiança. De uma banda à outra. Um equilibrista de nadas.

Uzias tentava se manter no poder, que lhe escorria para longe, depois dos atos da palavra, desde que, ali, foi posto. Sua animosidade se prevenia como se ainda tivesse na mão a culatra do revólver, ao gatilho, sendo-lhe tiradas as balas. Entupida a arma, entre ânsias. Já viram um vapor ter de engolir sua própria fumaça? Era tal se estivesse encarcerado no círculo e o círculo noutro. Pompílio e Longinus nisso se amoitaram. E foi atraído o povo gabiru: não escondia o afeto pelo falecido Natalício. O que resultava favorável ao filho. E um sonho o habitou, antes, de noite, motivo que o fez liberar com a palavra Uzias do cárcere: "Ouviu uma voz aconselhando a nada desejar, salvo a honra de seu pai. E deveria encravar uma palavra grande, com a lança no centro do aldeamento, como símbolo do heroísmo gabiru. A palavra era *amor*. O que conseguisse retirar a lança seria o chefe." E Pompílio desafiou Uzias que aceitou: arrancar a lança. Foi difícil chegar ao sítio aprazado, por causa da multidão. Quando Uzias e Pompílio se aprestavam em arrancar a palavra, com a encravada lança, o último dos dois gritou *Amor* e desenhou o círculo. E o solo se ergueu e num raio, como fora mão, levantou a lança aonde estava Pompílio, que bastou pegá-la. Uzias furioso não conseguiu mover-se. E não aceitou, por ter sido um ato mágico. — Mágico é o que nos reconhece o poder! — falou Pompílio. Porque são as coisas que se encantam e nos procuram. E foi uma oportunidade que te dei: antes já te havia derrotado. — Foi mágico! — repetiu o outro, inconformado. Pompílio despojou-se da vitória, querendo a segurança e paz ao povo. E para nova prova, exigiu, caso fosse Uzias vencido, que prometessem — ele e os seus — deixar o aldeamento, sem mais tornarem. Juraram diante de todos. Então propôs Longinus, o profeta: — Seriam plantadas duas lanças de plantas de amoreiras na terra: uma de Uzias e a outra de Pompílio. A que florisse primeiro, de um dia para o outro, anunciaria o vencedor. Foram as lanças enterradas com galhos e todos esperavam de uma noite para o dia. No silêncio da casa de seu pai, como de uma imensa raiz, Pompílio falou a palavra *lança de amoreira* e determinou que, ao acender de estrelas, sua planta iniciasse a florescer. Na manhã, todos se reuniram e vislumbraram extasiados. A lança de Pompílio deu flores e a de Uzias, secara. O entusiasmo se estendeu ao povo. Uzias e os seus cúmplices retiraram-se, humilhados, com malas de roupas e utensílios, acompanhados pelos familiares. E o que se sabe deles é que se alojaram distantes de Assombro. — O mundo é tão vasto! — disse Pompílio — que se alumia por muitos lados. E a palavra ficou lei. Porque o povo estava pronto ao amadurecimento da palavra e ela, para o povo. Até as tempestades amadureceram. Longinus se carregara de idades, jubiloso. Mas o contentamento dos profetas é igual à umidade das casas. Porque se acostumam mais com as noites do que os dias. E se têm a visão de Deus, então mudam para a sucessão de um dia inacabável. Cláudia e Pompílio se completaram: aquela passou a esse sua humanidade. E recebia em troca certo ar animal e fidalgo que ao eterno feminino faz saborear. E o rato no amor acabava, porque a luz elimina o que não é da luz. E se o leitor ponderar sobre o motivo de Pompílio não haver roído o *Livro do caminho*: explico. Primeiro, por não achar graça em devorar o que é de si mesmo. Segundo, porque — e talvez seja motivo maior — graças ao divino da revelação, suas palavras queimavam, diferente das que degustara, antes. As outras que fruiu eram humanas, com as guerras de César que menosprezava, ou os discursos incansáveis de Cícero, conselheiro que, apesar de ter a história como mestra, foi, de igual modo, mestre da história — o que é dado a poucos. Fixava o *Livro do caminho* com água na boca e não tinha coragem por temer o mistério de Deus. E a este Amigo (seu pai assim O considerava), devia a palavra libertadora, desejando mantê-lo junto, com a inacabável sede da semente. Não se destrói o que nos ama. E o miolo jamais terá o limoso amargor dos livros de Direito, de linguagem normática ou coativa, de lembranças aborrecidas, desde a infância, quando o pai o bombardeava com os latinórios: *res nullius, revogatio legis, data venia, in dubio pro reo, mors omnia solvit...* Quando, certa vez, mastigou o papel e os vocábulos de *As confissões,* de Agostinho, eram de outro gosto ressabiado: o de ostras e frutos do mar. Mas a *Bíblia* não. Restava inviolável. Quanto aos romances, não suportava as inodoras ondas de lugares-comuns. E os instantes com que mastigara *Laços de família,* de Clarice, na epifania, eram uvas cortadas de um vinhedo. Saberes e sabores são indiscutíveis. Há quem aprecie javali, ou carne de rã, ou de formigas, ou os sofrimentos do jovem *Werther,* de Goethe, carne primaveril, fatiada, de leitão assado se desmanchando ao paladar, como nestes períodos inefáveis: "Deixai que não fale da dor de Alberto e do extravio de Carlota." — Porém, agora sou chefe dos gabirus — afirmou Pompílio. — E estou coberto de responsabilidades. O poder molesta; não pretendo que me incomode. Mudar as coisas é mais árduo que roer papéis. No entanto, às vezes, no ofício, há que triturar

123

o miolo burocrático do governo. Sobretudo — e isso tenho sugerido aos gentis magistrados, possíveis leitores —, que é melhor sorver processos do que os retardar. Não, nada há mais digerível que a coisa pública; às vezes, o raivoso fundamento administrativo, que há muito entorpeceu de inanição. Meus dentes são pequenos, mas vorazes. Digerir é abolir maus costumes, as manhas das comunidades eclesiais de base e a base severíssima dos regulamentos. Deram-me regimentos de academias. Rejeitei-os por infrutíferos, malcheirosos, funâmbulos. E não consegui comer ainda a imortalidade. Alguns livros eram solas duríssimas de roer, dando indigestão a quem os buscava tragar, por nenhum conteúdo, seja literário, seja histórico, seja humanista. Duros sapatos recém-saídos, com ferro na ponta, das sapatarias de tamanho especial. Livros que causavam enxaqueca, atrito estomacal, efusões de perfídia ou bílis injuriosa, quiçá, envenenados para os transgressores mandibulares. Entre eles, aliás, catavam-se os de imponentes moralistas, didatas do desastre. Quanto à expressão *ridendo castigat mores*, aprecio soberanamente este seu aroma de sumarentos pêssegos. É verdade que apodrecido, indigerível no *castigat* — verbo rabugento e abominável! Tem o néscio tempero canônico. Comer é absorver a energia dos mais fortes. E o que me diverte é a maneira com que vos indignais. Por que ao paladar é tão sombria a eternidade? Governar é digerir o tempo. Mastiga-se aquilo que se ama? Ou este digerir é amar, por entrar dentro.

8.

Pompílio convidou, de conselheiro, Longinus. Lera-o (sem devorar, e em alguns trechos merecia ser devorado) Maquiavel, que ponderava ao príncipe ser mais temido que amado. Depois de um ato de severidade ou castigo, era valiosa a benevolência. O tempo de Uzias se açulava de crueldade e violência. Tempo de amor se impunha. O que seu pai soubera efetuar com diligentes silêncios. O primeiro movimento de Pompílio foi o de reunir uma assembleia geral. Não havia salão. Foi ao ar livre. De cima, via-se o Marechal-Oceano. E Pompílio disse, com voz cadenciada: "Meu povo, pretendo um novo modo de viver, gerado na palavra que me trouxe. E nos conduzirá. Meu pai vos amou e dorme. Legou-me igual amor e o importante é não serdes ratos. E os que o são, aos poucos, de palavra, os extingam em si mesmos. Ela nos purifica. Até que o humano se apodere, absorvendo a menor natureza. Também sou gabiru e me venho transformando. O que posso, podeis. E vos ajudarei. Primeiro, saciando vossa fome, com o cuidado cautelar de produzir cereais, pão e carne. (O governador D. Quevedo prometeu-nos um rebanho de ovelhas para criar: chegará breve.) A moeda há de ser o escambo ou permuta — trabalho por mercadoria, coisa em troca de coisa. Por ora, não vislumbro uso de dinheiro nesta comunidade. O alimento, a criação de ovinos e o trabalho serão nossas moedas. Dinheiro não tem pátria, nem honra, e a permuta as tem. Com a necessidade. Aqui falo aos que são da espécie humana. E poderão ouvir-me." Palmas! Foram Pompílio e Cláudia para casa de Natalício, que exigia reforma, mormente no quarto de casal. Cômodo mais amplo, cama alargada, travesseiros longos. E a reforma foi feita. Deitavam e o sono deitou junto, descansando de sonhos, como a um só. Não havia sono que bastasse. Certa noite, ouviu uma voz dizendo: "A educação do povo é na palavra." E viu um campo arado e principiou cavar no solo vocábulos como plantas. Árvores cresciam: também na alma de Pompílio. Uma delas, frutífera, começou a falar. Era educada. Depois se iniciou a plantação de milho, nascendo espigas, e elas falavam entre si. E ainda escutou no sonho: "Eu te mandei para isso!" Ao despertar, assustou-se com o número de árvores. E o sonho insistiu nele, como se os ramos se derramassem pelo seu corpo e as folhas fossem escamas nos olhos. E pássaros pousavam, gorjeantes, nos galhos. E ele se tornou árvore de árvores. E apesar do peso, era lépido. Não referiu nada, porque vislumbrou no sonho a existência de um tesouro entre as grutas e não desejava revelar a localização. Pois muito do que fez Pompílio foi regido pelos sonhos, como se houvesse um código secreto nos arcanos. Discutiu com Longinus e Cláudia essa manifestação continuada. E Longinus observou: — os sonhos sempre querem nos mostrar o que ignoramos. — Cláudia acresceu: — O sono é a forma de Deus conversar! — Veio a Longinus então a lembrança do *Livro de Jó:* "Deus fala quando os homens dormem e dita seus ditames." O que robusteceu o que pensava Pompílio. Porque os sonhos jamais falharam, ao estarem juntos.

CAPÍTULO NONO

Levantou-se Pompílio e vieram as ovelhas prometidas pelo governador. Foram colocadas num pasto e dois gabirus experientes cuidaram do pastoreio. Depois foram organizados grupos de trabalho para reordenar, urgentemente, as plantações de cereais e a horta de legumes. Pompílio pôs um trator e pediu ao Vento que auxiliasse na tarefa. Mandou abrir dois novos poços de água pura de beber. E os felizes, apenas eles, podem crer no milagre. A seguir atribuiu aos mais habilidosos, entre eles Prudêncio, com formação de advogado — e fez jus ao nome —, a instituição de dez artigos, à guisa de um *Manual de bom viver*. Eis as regras:

1. A igualdade e a união de todos;
2. Só o que trabalha tem direito ao pão;
3. A educação começa com o uso da palavra e na sua relação com o mundo;
4. O sonho é executável pelos atos e eles, pelos sonhos;
5. A terra fecunda abomina a fome: mais ninguém conhece mais a nossa força do que a terra;

6. O amor e a liberdade tiram os ratos do homem, quando a palavra toma os seus olhos;

7. Cada dia é uma memória que resiste: a lei é a educação da memória;

8. Amando a água e a noite, temos a polpa do mistério e a vida é um mistério que acordou;

9. A humildade é a ponta da alma e, sem ela, como inventar o dia?

10. Obedecer é a prática constante da realidade, quando somos do mesmo Espírito.

2.

Cláudia auxiliava o marido seja no lar, seja no bom senso e nas observações, sem nada lhe ocultar. Sabendo-se um do outro, sem palavra. E continuaram a ler juntos o *Livro do caminho*, donde advinha energia para administrar. E Deus, o centro. A educação é a língua da alma. Todo o povo aprendia a ler, acontecendo com que as próprias palavras começassem a amá-lo e se educar para ele. E as palavras mudavam a sorte de um e outro, tocados de civilização. Não passou o eito de anos, quando foram descobrindo terem mente original, capazes de invenção, solucionando problemas econômicos ou sociais que surgissem. E os elementos de felicidade nasciam das coisas simples, de palavra em palavra, amasiando-se com a vida e cada uma delas, ao povo. Sim, inteligência era palavra.

Ver, sentir, ouvir, tatear: palavra. As estações trabalhavam a favor dos sonhos. Fora da palavra, não há nada. E de nada em nada, tudo. Salvo quando o vento girava. E a rotação do vestido de Cláudia era menor que o rodar da manhã, bem menor que a roda de seus pés e os pés da brisa. Girando. Pompílio a olhava com afeto como se também girasse. E resiste a afeição ao girar? Sim, resistia, pensando de onde em onde gira a infância naquela roda? Não, a infância não girava mais, estancara como uma pá na eira abandonada. Uma pá de terras enferrujando. As coisas são como as queremos ver — Cláudia falou e Pompílio via-se guri, ao lado de Natalício, seu pai que explicava que o mundo se movia sobre si mesmo. — E como giram as coisas? — indagou o menino. Também sobre si mesmas! — Natalício delineou com as mãos o movimento em círculo. — E elas não caem de ponta-cabeça do céu? — o menino de novo perguntou, ansiado. — Ao caírem, sobem! — justificou seu pai. E Cláudia fugiu do assunto, com a roda do vestido volteado de sol, enquanto o segurava para não voar. — Eu te amo, Cláudia, de viver! — Pompílio exclamou. E ela: — Não se ama, senão amando, nem se aprende a morrer senão morrendo? — Morrer, que nada? — Nada o quê? Na última hipótese não há como relatar. É quando a morte sabe mais do que nós. — No resto não! É a vida que nos arrebata de vida, insaciavelmente.

3.

Relatório do percurso para o Humano

Com a comida, a palavra circulou pela alma do povo. E palavras foram postas sobre as pupilas, para que vissem e entendessem mais. E palavras postas sobre a boca, para que aprendessem velozmente, comendo os vocábulos como pão e o pão igual às sementes. E elas invadiam o coração, o estômago, os rins, o sangue mesclado e doentio, o sangue inimigo e violado, o soturno sangue de um relógio que se extraviara entre um remendo e outro, o ódio cujo caule fere o corpo, o amor vegetal e animal, amor de ser vivente, amor de líquen, trigo, amor de ser geral pelos países e não haver fronteiras, este amor interminado, limpo de fuligem, de que o amante e o amado não têm nome, apenas contentamento informe, entregue às açucenas. Amor de povo a povo, amor de Deus. E ser toda a palavra até o fim, a glória de homem sem a trégua aos ratos dos pântanos, os ratos que aos milhões corroem esta Veneza, debaixo, nos porões, no fundamento de madeira insone. Matar os ratos todos que no homem ameaçam transgredir, ou roer o próximo, dissimular, trair, dizer-se amigo, para que em mostrança de um abraço corroa os ossos de uma lágrima, a lágrima em seu navio sem cais, o esconderijo do menino que sabe que na escola até o rio principia a soletrar nosso alfabeto. A palavra que não seja só pedra, também lembrança e ombro. Nas minas de carvão role a palavra com seu carro de fundas soledades, as aves do relâmpago nas rodas e as rodas da palavra para os astros. Para que o homem seja infância e não a perca nunca, nem que morra. Porque o que morre com a palavra vive, ressuscita dos mortos, não acaba de uma palavra à outra o trem, o trem, as estações de malas gaguejantes, as estações da alma. E é mais nômade que o vento sul ou leste, esta palavra. E que se ensine a jamais civilizada, selvagem paz, atravessando a guerra como as guelras de um tubarão bifronte. Atravessando palavras para o chão e a morada de famílias do homem. A palavra elementar do sol, às sílabas do riacho. A palavra saída lá do fundo de Deus. Então o povo mudará seu nome para fundar-se humano. E isso basta. Bastará? Os que eram gabirus, foram mudando a pele, sem os malfeitores dentes triturantes e a boca, barca mínima. E o céu da boca, o céu do céu. E as palavras eternas.

CAPÍTULO DÉCIMO

De manhã, Cláudia estava transbordante como arroio de água, água de água, sua retina e a mesa de café coando, o pão e as mãos enodoadas de Pompílio sentado junto à mesa. E verificou um trecho de Aristóteles justificando a queda das coisas, o que se conformava com a ordem do cosmos muito especiosa para a filosofia ocidental: "Os objetos de substância terrena caem na vertical devido a um desejo natural de se reunirem com sua fonte primordial, a terra." E olhava na janela a uma lavoura, onde o arado ia escavando com a relha, e iam sendo derramadas sementes de trigo, mílho. E caíam, com ou sem Aristóteles, na vertical, por esse desejo de se ligar à terra e a terra, a elas. E Pompílio voltou-se para Cláudia: — Viste que a natureza sabe mais do que os homens? — O que se pode saber é deixar acontecerem as forças que se movem, descem, somem — observou sua mulher, acompanhando o pensamento, tal se as palavras de um lessem as de outro. — A natureza guarda o tempo certo de receber o que cai para transformar-se. — O povo leciona suas letras ao vento quando quer. E faz andar o vento a seu favor. — A amizade do vento se aprofunda no amanho, pela camaradagem. — O que é da brisa segue certa ordem, como se girasse pelas folhas. — A verdade é o tempo e essa demora pode criar a fome. — O tempo é fome? — Nenhuma é igual ao esforço de impedi-la a se espalhar. A fome... — Não tem parentela, nem pronomes. E vai, aperta a língua como a uma pedra.

— Até a pedra tem fome. E como ela é dura dura.

— Nem sempre sabe o que come. Ou sabe quanto se perde no desejo. — O que o povo quer, a ele se verga. — E a justiça cai em vertical como fonte na terra. — Somos fonte da terra... — De tanto ir de água em água, o chão rebenta.

2.

Pompílio chefiava com roupa de pano, sandálias. Trabalhava com sua gente. Dava ordens, coordenando os grupos, lado a lado. Todas as coisas são, ao serem empurradas, como no princípio do mundo. Primitivas, ignotas, desveláveis e desdobradas. Cláudia, atenta, ajudava: — A pedra tem fome e como é férrea. — Temos de renovar todas as pedras. — Sem pedra não há fogo e sem fogo, luz. — As estrelas são feitas de pedras que incendiaram. — Toda a nova ordem se compõe de esperas. — E as esperas custam a se achar. — Mas as ovelhas estão dando lã e engordam para dentro do verão. — E a carne é alarme. Pode a fome ser o que já se protela. — Conquista-se na terra o que viver exige. — E não é a dor o preço de parir a terra aos gritos?

3.

Um cego velho chegou à comunidade que tinha o portão de ferro. Com muro branco e comprido na extensão da aldeia dos antigos gabirus. Denominava-se *Paz*, de placa brônzea na entrada, e abrangia flancos mais baixos, desde as pernas da colina até o abdômen. Nevoenta a tarde e Cláudia caminhou, como gostava de fazer, tomando ar, pensando em Otília sua mãe que detestava o telefone e quase nunca o atendia, para não receber qualquer notícia que lhe não agradasse, tirando bruscamente os óculos. Na verdade, viciava-se com os olhos do esquecimento, ao revisitar a meninice. Sabia magicamente assim decidir qualquer choque de viver. Como se não lembrando o abismo, ele deixasse de existir. E afinal as coisas se cristalizam tal um rio de neve com camadas superpostas. Cláudia tentava telefonar e nada. Passou a escrever e a única resposta foi lacônica: "Filha e filho não se preocupem comigo! Vivo feliz de ser feliz e não há nada mais que me baste. Como o necessário, vinho não bebo e deixo que as coisas levem o que me leva. Saudades. Otília." Cláudia viu que escrevia em vão e sua mãe estava tão trancada no seu mundo que não suportava a luz. Falei num velho cego de muletas que se aproximou do portão, com exagerada gentileza. E eu vos desviei a atenção, leitores, por esta minha mania de devanear, advinda de Longinus, o filósofo, que admoesta que *o movimento para trás pode ser para a frente*. Continuo: Cláudia pergunta ao mendigo o que desejava. — Falar com o chefe! — disse. — Ora, ele está lá dentro e nesta hora não recebe ninguém, por estar em reunião importante (enfatizou no *importante*). Desculpa corriqueira "!" — pensou o velho e devem ter pensado os leitores: aliás, empresários, juristas e às vezes editores a utilizam muito e mesmo as secretárias para não se molestarem. Porque, leitor, o tempo é uma gangorra e vai de um lado e depois de outro. Só o interesse pode interromper tal celeste ou extraterrestre reunião. Mas o homem cego e de tortas passadas calou e ficou extático. Tinha cheiro de água embaciada e salina, cheiro de polvo à espera. "Não era cheiro de homem, não era!" — cogitou Cláudia. O pombo não sabe que é pombo. E este homem parece mais pombo do que gente (embora o pombo seja tantas vezes gente). E não tem olhos para ver o que é. Cláudia se adiantou, irrequieta, barrando-lhe a passagem com a voz: — Para onde vai? Não o conheço! — Nem eu a conheço. Sou amigo! — De onde? — O que se vê no rio, não é do rio. — Amigo é o que se reconhece. E o senhor me responde com enigmas? — Não, os enigmas é que me respondem. Vim avisar. E o que avisa põe conselho no perigo. — Perigo? O quê? — Trago uma mensagem. — De quem? — De Uzias, o gabiru que foi chefe e se prepara. Mandou dizer que tomará de novo a comunidade. Questão de tempo. — Cláudia se indagou se o tal cego era tempo e se fosse não seria cego. E fechou o portão sem responder nada. "O silêncio não tem água" — pensou. "E há que deixar no rio seco e sem olhos este homem que nem sabe que é pombo." E ele foi embora, como veio, com passadas tortas. E estranhamente, depois que falou, ainda foi mantendo a boca aberta (exatamente a de um peixe fisgado que se atira sobre um cesto). Depois não. Teve a impressão de ver no seu lugar um gato, um gato na cegueira de seu rastro; a muleta era a cauda se afastando. "Nova raça?" — pensou. E expôs a Pompílio a visita e se lembrava da imagem obsedante do gato. Pompílio se acautelou, passando-lhe na mente uma ideia repentina: "O mal não sabe ler, nem escrever, mas faz dano por instinto." Brotando-lhe a teoria — para não dizer pressentimento — de que Uzias e os outros gabirus rebeldes, por se quedarem obstinadamente animais e cada vez mais bestializados que os homens, foram sofrendo a metamorfose nefasta de ratos do pântano, enormes, como gatos de unhas maléficas, fatais. Semelhantemente ao que sucedeu nos gabirus, quando os ratos iam ocupando o homem e, graças ao poder da palavra, foram expulsos dos sótãos da alma, tomando o homem toda sua fidalga natureza. O inverso deve ter sucedido a esses filhos da rebelião, vingando-se o mal no mal, ao desaparecerem as pegadas humanas, e submergindo as patas informes de um gato imenso, furioso, que devorou bem lentamente os ratos e os demais vestígios de possível nobreza. E se o gato é o pai do rato, o gato é o pai do homem. Diga-se, leitores, isso tudo fluiu dentro do raciocínio de Pompílio. E ele imediatamente afugentou, como espantalho aos tais corvos. E no tocante aos gabirus no exílio, tais anjos expulsos do céu, o céu se levantou contra eles, de céu a céu. E foram abominados. E não faltou um ficcionista fantasioso em Assombro — porque as coisas se vão pelo ar, como nos sonhos — que defendeu a tese de que o cometa Halley foi um gato que atravessou o Rubicon com César. E que saltou miando das palavras: *Alea jacta est.* O que, por extravagante, Pompílio nem considerou. Porque a ferocidade não estava no cometa. E a maldade se procria dos bichos para o homem. E Halley podia ter-se ocultado, de passagem, nalgum coração, sem que o soubesse, um dia o enlouquecendo. E por que não de amor? E o que contém em si o tal cometa não poderá sustentá-lo indefinidamente, sem que rebente. O cometa talvez nem retenha coisa alguma dessa bípede criatura, traz, sim, o fulgor da morte. Porém, a morte não é tão alumiada quanto ele, nem mais humana. A ideia do gato em nova espécie, belicosa, e a ideia do cometa Halley acabaram por ser obsessão em Pompílio, chegando a sonhar que um cometa lhe falava com lances de luz, como se fosse vaga-lume gigante. "E a luz não se acaba" — cogitou ao acordar. "A luz não tem pressa, não tem pressa!" Cláudia estranhou essas reações do companheiro pelo mover do rosto e nada disse. Porque de cometa e de louco todos temos um pouco.

4.

Pompílio recebeu a visita inesperada de seu amigo Raimundo Facó. Por temperamento pouco dado a visitas, tanto que exclamava a quem quisesse ouvi-lo: "Em meio a visitas, a paciência cala." E chegou preocupadíssimo com alguns acontecimentos na capital, hospedando-se em sua casa. — Eu sou de paz e este lugar tem o nome da Paz! — Pompílio o abraçou. Citou uma frase de Elias Canetti, à queima-roupa: "Não seria melhor que não tivéssemos saído da caverna?" E soube através dele notícias do governador, D. Quevedo: talvez embaralhado com o veículo de sua fabricação, que não só corria na estrada, ou navegava, agora iria alcançar a culminância do mais elevado espírito inventivo: fazer com que o barco-carro ganhasse asas. Mesmo que sejam as pesadas e largas do albatroz. Além disso, no plano político, tentava promulgar o término de certos direitos individuais, através de um Decreto, auxiliado pela Câmara. Se tais direitos custaram para o seu amadurecimento nos séculos, agora não precisarão mais de sangue. O revogá-los é um custo de água pelas veias. Observando: — Ademais, tais direitos se chorarem não serão ouvidos. São como uma fortaleza sitiada. Os de fora querem entrar e os de dentro querem sair. Parecem rosas: são repolhos. E ao proclamar, na sede do governo, o fim do paletó desses direitos, pela casaca das obrigações da coletividade, o governador sentiu-se mais livre para perseguir seus objetivos de inventor, decidindo levar aos ares sua geringonça, sozinho, o que realizou, com tombo que podia ser celebrado por Homero, se este herói Aquiles não tivesse quebrado um braço e a perna, ficando imóvel até nova investida — enquanto imóveis estavam também tais direitos fundamentais, onde não se situava esta cidadania de ir e vir no espaço, sem condições seguras, com seu danoso peso. No descanso, aquietou-se ao se dar conta de que seu belicoso veículo e a aflição de inventar nada tinham a ver com a lei dos direitos fundamentais. E que ela devia igualmente descansar, ainda que rompidos — braço e perna. Afinal, não é a noite, o sol que vem de outro lado? E para que se chegue ao sol, não se tem que ultrapassar a noite? Tudo deve esperar, porque com o movimento apressado, o andaime do altar cai e a procissão toda se esboroa. Mas não desistiu do invento, nem desistia do que punha na cabeça teimosa. E não dizia Montaigne, a quem aproveitou o tempo de recuperação hospitalar para ler: "Não são a maioria das perturbações do mundo apenas gramaticais?" Depois, bastava colocar bem um pronome ou organizar a frase de sua inefável governança e tudo entraria nos eixos. Falava às pampas, em cata-vento, e Pompílio, ao visitá-lo, escutava perplexo. Depois assistiu a uma cena bizarra: com gesso na mão direita e na perna, D. Quevedo ergueu seu corpanzil do leito, sem querer, atônito e levitante, avançando sobre a lei da gravidade e batendo com o teto da cabeça no teto do quarto num barulho, fazendo-o tombar quase em cima de Pompílio na vasta cama, como um trapezista sobre a rede. E não soube explicar. O desequilíbrio das calças ou dos pés, quando alçou voo, logo o desplumou. Não, talvez fosse um Ícaro, tendo as asas de cera desfeitas pelo sol. E o tal Decreto ficou jacente e desacreditado, após sua prisão ao leito, sem que o soubesse, e a seu favor se diga, pela prepotência de alguns guardas, cidadãos honrados. Entre eles, o íntimo do governador, agora inimigo ferrenho, Manduva, artista, que o refutava, odiento, pela imprensa, frequentemente. E o incrível esta semana — relatou Facó — é que num comício com vários asseclas, de sinistra aparência, entre palavras espavoridas, D. Quevedo, recém-saído do hospital, principiou a voar da sacada e se aproximou, resvalando de uma réstia de chuva, incólume, no ar, vindo a despencar sobre a amoreira, ridiculamente preso pela perna, na forquilha, entre folhas, e balançou como um boneco desajeitado, cabeça para baixo, cabelos se desgrenhando, entre os cipós salvadores. Dali o arrancaram logo, manco num dos pés, tal se tivesse saído de uma dura batalha. "Mais sorte do que siso", de acordo com Valdelino, simples e franco participante do comício que se dispersou com os pés alcaides do vento. Porque até a loucura tem tirocínios. Extravagâncias cabem num saltimbanco, jamais num político. E peço vênia ao leitor; todas as últimas meditações de D. Quevedo, suas conversas com o povo, as centelhas do gênio inventivo caíam no vão como uma pedra surda, ou se reduziam ao áureo excremento que não passava de uma reflexão sobre a penúria do homem. Sim, as necessidades e suas causas nos reconciliam com o gênero da espécie *abissalis*, entre filantropias e comiserações. Tinha o cérebro extraviado, ou pousara num ninho de algum constrangido pássaro. E por haver surgido, exatamente nessa época, a nova espécie delituosa que poderia ter-se revelado a ele, pelos sintomas (Pompílio escutava atentíssimo, nem piscava os olhos): o dos gatos que se dedicavam a morder, voluptuosamente, as mãos de suas vítimas, transmitindo indizíveis enfermidades. Para Raimundo Facó, o gabiru rebelado, Uzias, estaria atrás disso. Como os inocentes e inofensivos gatos tornaram-se perigosos é a pergunta. Com predileção pelas bibliotecas. Não rasgavam livros. Portavam um *morbus*, que se depositava em larvas, capaz de matar por asfixia, intimoratos leitores. — E a esposa do governador? — foi interrogada. — Eu participo de tudo — respondeu. E era mais enlouquecida do que ele, portadora de um vírus pouco conhecido que lhe ocasionava delírios sem causa. O que nem carecia de motivo, por ser um desarranjo da imaginação que, mais do que se pensa, é pendular, ora se equilibra, ora se desequilibra. — E a busca da serenidade não é viável por ação conjunta da Câmara e do povo? — Não. O legislativo perpetrou em coautoria com o governante, de cima para baixo, essa violência civil, desonrando os votos recebidos. — E D. Quevedo, ironicamente, os conclamou, voltando à anterior recaída: "Os direitos humanos são ovos pré-históricos que precisam ser quebrados." E chamou de "dinossauros", os que ainda os defendiam. Concluindo: "Essas decisões tiveram consenso!" — Nada mais injusto que o dito consenso — salientou Pompílio. Por ser apenas o mau senso dos séculos. Não adiantava retórica, havia que preparar o povo para a mudança. Depois lhe visitou certo lampejo. Não teria o tal cometa Halley entrado dentro do governador, e o endoidado? — Isso é disparatado — meteu-se, refutando Cláudia, com seus medidos sensos. — Ou então foi mordido por algum desses funestos gatos... — Mas não somos disparatados de tanta realidade — alentou Facó, com olhos atilados na cadeira. — Quem controla essa realidade, para que seja tão lógica e educada? — Ou a jovem realidade, de tamanha concretude, pode viver saltando pela janela? Nem Pompílio, nem Raimundo, Cláudia ou Longinus conseguiam admitir que seu amigo Dr. Ortega — erudito e aforista — não tivesse apoiado D. Quevedo nessa tribulação, porém, fora levado, tal um espelho pelos reflexos, sendo ferido da Medusa. E a esse tresvario, Pompílio deu o nome final de cometa Halley da alma, com sintomas no medo, como se de um labirinto fosse criado outro, dentro, sem fim ou princípio. Já viram a mosca, leitores, apanhada na maranha? Enrola-se e sucumbe. Não teria D. Quevedo se enrolado na armadilha de viver e, pela imaginação desavisada, se extraviado nela? E seu governo, que administrou com magnitude, até então, atrofiou-se. Ou também foi mordido por um gato da espécie abissal, capaz de assolar não apenas o corpo, mas a alma, com delírio fantasioso, maligno: o de viver, não estando mais vivo. Sem sequer discutir com os mortos.

Foi chamado um clínico geral e não aviou receita. Disse que o assunto não era de sua especialidade e se recusou a alongar-se, despedindo-se sem cobrança da visita. Quieto como entrou.

— Talvez possa ser tratado pela palavra — ponderou Pompílio. E o governador aceitou. E Raimundo Facó portava no gibão dos ossos o conhecimento dessa possibilidade miraculosa da palavra, que alcançara os alucinados ouvidos de D. Quevedo que nem conseguia capturar sono, salvo se o sono o tivesse. Precisava o instrumento capaz de gerar tal possibilidade e o momento não surgira. Pois D. Quevedo vivia divagando com frases desconexas, que eram seguidas por Helena, sua mulher. Numa delas o governador largou solene praga num entreato das bodas da filha de um partidário: "A morte sorri tão bem que parece amor." O que não caiu bem quando os noivos punham os dentes de fora, jubilosos. Ou o contentamento do poder vinha, imprevidente, desagradando os sonhadores noivos: "O cadeado das núpcias é a maré", o que, aliás, foi menos desabonatório. D. Quevedo tentou a morte duas vezes e não conseguia morrer. Na primeira vez, jogou-se nas vagas do Marechal do Mar que não lhe deixou que afundasse o corpo. Boiou e foi salvo — e vos digo, leitores, porque Pompílio jamais espalhou esse feito relatado por um tal de Humberto, poliglota e professor de literatura, *doublé* de criador de porcos em alguns hectares de campo e lama, no interior, onde residia. A segunda vez foi mais trágica, porque S. Exa. enfiou seu carro nas ondas e navegou, pondo-se a correr com tamanha velocidade que o motor na corrente brava explodiu e o barco-automóvel, ainda que fazendo água, não perdeu sua força. E mais uma vez O Marechal Oceano não o quis engolir, fazendo o impossível para livrá-lo do naufrágio. E ao ser rebocado para fora, trazia dobrões de ouro de uma galera pirata espanhola. Se, leitores, pedirdes para explicar como as moedas apareceram, sei tanto quanto vós. Com a diferença de que relato. E falo do que aconteceu sem haver, aparentemente, acontecido. Porque o que sucede, por vezes, no imediato, não aparece. Contendo nexos irrecusáveis. Um ato é continuado por muitos, até vir à luz com o vigor do inalienável tempo. E rebenta. Já começando a explodir nos pavios de pólvora estendidos, até a mecha. Nem sei o que D. Quevedo fez com os dobrões. Se os embolsou, nada de mal teria feito, por se terem jungido ao seu veículo. Todavia, a informação que tive é a de que os encaminhou ao Museu de História, recém-inaugurado, com o nome glorioso de seu pai. O excesso de loucura começa com o excesso de razão e termina com o excesso de silêncio. O labirinto de D. Quevedo é o de sua alma atormentada de realidade, onde o sonho é mais lúcido que ela. E não seria isso apenas um ponto de vista mais doido que a loucura de D. Quevedo?

5.

Naquela noite embarrigada, Pompílio assentou que iria combater, de alguma forma, Uzias, transformado em gato, tendo os olhos reluzentes de um rato e suas garras — facas.

Pela terceira vez. E assim colocou a palavra nos olhos do invisível inimigo, de que D. Quevedo demonstrava sintomas. E a palavra, ali mesmo, o cegava. Além disso, para Pompílio, os sonhos têm vozes que se adiantam. Como os animais farejam a morte de um homem, os sonhos não farejariam sua ressurreição? Ou é a ressurreição que reconhece os sonhos que lhe são peculiares. Não se consegue enganar a luz. Nem ela pode nos enganar. E recebeu o abraço de Cláudia, sua companheira, lado a lado, como se fosse um copo de rio.

— Nosso amor tem ervas de nuvens, nuvens de infância e nos veste e basta. — E é retardado igual a um mulo. — Gosto de confessar que te amo — falou Cláudia, emotiva, porque a palavra que se repete abre o tempo. — E eu de te ouvir. Nenhuma ave sabe voar tão bem em mim! — Nenhum dia é mais sonoro do que o tocar de tuas mãos na pedra do meu sangue. — Nada suporta a alegria da alma que se ajunta dentro do beijo. — Não se move — ele lhe falou. — E em ti me movo como uma floresta e me sentes? Estavam entrelaçados. A cama vasta: o sonho úmido, o mundo. — Estremecem as folhas da brisa e grito devagar, grito de ser amado. — Não tem fim este gemido. Não temos fim. — Quero que me chames — ela sussurrou — porque eu ganho o teu sopro no meu nome, o sopro de andarmos, um ao lado de outro.

CAPÍTULO DÉCIMO PRIMEIRO

Pompílio via que no povoamento de seu povo os livros passavam de mãos e olhos, desde a biblioteca comunitária que Cláudia organizou, amorosamente. E a água descia da fonte. O *Livro do caminho* e dos poetas como Homero, Virgílio, Camões, Eliot, os de raiz do cancioneiro popular, sem esquecer um Manuel Bandeira, Cecília Meireles e o príncipe da crônica, Rubem Braga. Depois liam Montaigne, Voltaire, Cioran, Machado, Clarice, Rosa, Borges, Octavio Paz. A palavra tinha em si o oxigênio do espírito, a educação abundante, operosa, capaz de limpar seu povo do vírus gabiru. Que se purificava, junto ao rio. Por que todas as coisas se esquivam de serem elas? O que é esquecido não precisa voltar à tona. Pompílio, às vezes, achava-se no princípio do mundo e outras no fim. Entre esses extremos, despojava-se dos acessórios. "Viver!" — dizia — "é acarinhar a água e o pão, o sol na pele, as mãos tranquilas e quentes de Cláudia, o sabor avivoso do povo, perto, sem a moeda do medo." E outra referência atava-se à morte: "Não me conhece, nem me conhecerá. Nunca fomos amigos. E a mim teme, porque tenho palavra." E o que se afirma é um tiro que dá sinal de corrida aos cavalos. Porém, leitor, não abusarei de certa impostura. A educação é ferramenta, ágil ou não, conforme o uso. E a língua é alma. Ser humano é estar constantemente em prova. E superá-la. Não sem um bocado de esperança. E os jornais da manhã em letras garrafais ruflavam: "Governador hospitalizado, sob cuidados médicos!" E outra notícia: "D. Quevedo dormiu e não consegue acordar." Ora, essa informação atesta ter-lhe algo sucedido e ficara oculto. Com a pesquisa, leitores, em documentos valiosos, foi apurado o perigo que significa para a espécie humana qualquer falta de atenção ou vigilância. Porque no homem penetram certos bacilos, até no respirar, quanto mais nos pormenores que são inflados como as enxárcias das naus. Os corvos e os abalos da erosão rondam a calma ou o pacífico transe. Dormir nem sempre é repousar; às vezes, é ato abreviante de viver. Do sono de pássaros, passa-se facilmente ao de pedra sobre a pedra. — *Quem dorme já está morrendo* — atalhava Longinus com seus proverbiais aforismos. E Pompílio punha um olhar muito acordado.

2.

Leitores, cuja prudência respeito, há que atentar na graveza de tantos terem ido estudar arqueologia nos fundilhos cúpidos da terra. E essa arqueologia não se inicia com a do sono? Pois vos afirmo que D. Quevedo foi mordido. Sim, ao ser levado ao hospital por dificuldades vasculares, foi mordido por um gato. Pelo que constou nas ocorrências, um sobrevivente gabiru, o mais terrível felino advindo dentre os homens. E D. Quevedo, natureza férrea, vagou errante nos interstícios de existência e morte, ou das marés montantes e estados de consciência ou inconsciência perturbadores para a mulher do governador, ao pé do leito. Mas a mancha azul da mordida numa das pernas era de ter morbidez e promiscuidade — que não secava, nem se extinguia. Era carnal, concreta — a marca de Caim. Após tantas arremetidas médicas, Longinus, o profeta, como Davi por Saul, foi chamado. E no hospital, a mulher de D. Quevedo contristara-se com o que vira. E nada mais contemplou. Nada mais havia da opulência física ou mental daquele governante, administrador eficientíssimo, culto, inventor. Era uma casca de gente, pelame macilento com a ferida que brilhava na perna com azul metálico. E cogitou: "Inexiste segurança na duração do homem!" Longinus tinha uma amizade com Deus, que chamava O Grande Vivente. A meditação diária do *Livro do caminho* o indicava, por ser experiente de prodígios. — O sobrenatural apenas cintila no sobrenatural! — Certa vez, cochichou para Pompílio. E citou Cervantes: "Os milagres sucedem fora da natureza." Ou então pensou: "É quando a natureza contribui para descer o céu". O que começa, avançando na palavra, não tem muito mais a remeter. "Porque é o desencadear tão precioso quanto a meta." Longinus pediu para ficar só com o enfermo. No silêncio disse uma palavra que saiu e pôs sobre o seu corpo, toda estendida como um lençol. E fez o círculo com a destra e o lençol principiou a queimar a cabeça, o tronco, as pernas de D. Quevedo. Era um fogo que se desencantara de encantar, adejante. Parecia doer. Um *adagio ma non troppo*. E aquele ser que se afigurava um simulacro leve e pálido começou a se encorpar, empurrar células vivas sobre as mortas, transpirante. A mácula perversa se evaporara em torpores. A febre se comoveu de não ser mais nada. O corpo pávido agora funcionava de palavra. Alegrou-se Longinus, agradeceu ao Grande Vivente e se foi com presteza de aranha que entra e escapa dos paços reais. Mal se despediu, desapareceu. Sem nada murmurar. Quem rumina palavras, as palavras depois o ruminam. Quando chegou um gordo abade para dar a extrema-unção, assustou-se de ver o nobre governador, sorridente, sentado na cama bordada com desenhos de parras. O volumoso abade olhou a cara de D. Quevedo, ergueu os braços numa louvação silenciosa e se afastou. Leitor, se souberem o nome desse abade me digam, porque se arredou inclinado, dobrando-se como um par de sinos mudos, com as costas de um breviário fechado. Não precisou benzer nada, arquejava com o peso do ofício. Era um altar sem velas.

3.

Desconhecendo tal acontecimento, pois tudo sucede antes de acontecer, estava ainda Raimundo Facó na casa de Pompílio. Confabulavam. Cláudia fora dormir por hábito. Comia sono, bebia sono, fortificava-se de sono. Podia ficar sem alimento: de sono jamais. Leitores, curiosos ou não (dizia Cláudia que "a curiosidade é de mulher" e Pompílio refutava — "é de inteligência!"), as palavras contavam a conversa entre dois amigos, quando Pompílio ouviu um desabafo, que o deixou atônito: Raimundo Facó era pai de Uzias, o tal gabiru rebelde. — Como? — Foi a surpresa. — Ora, como a água não é vinho — respondeu, com certa ironia dolorosa. Os seus lábios se afundaram. Pedra pesada. E posta na cabeça. Precisava desabafar, livrar-se do fardo. Porém, o fardo se livrava dele? — Como pudeste gerar um gabiru? — Da mesma forma como foste gerado. — A fome gera a fome. — E amei... — Quem? — Uma gabiru. Tinha os olhos redondos de romã e o rosto belo, dentes proeminentes e fortes, corpo pequeno, fragílimo. A estranheza era uma breve cauda que não se desenvolveu, então não chamava atenção. Pobre, mas estudada. Muito inteligente. — Como se conheceram? — Eu era jovem e a encontrei num cinema. Assistia *A Bela e a Fera*, de Cocteau. Sentei ao lado dela. E me fascinou. Seus olhos tinham lua no escuro. Almas se entendem pelos olhos; amor pelos ouvidos. E os amantes pegam o mesmo espírito num lance, num bater de pupilas ou entram numa nuvem. E se larvam pelos cheiros de buganvílias, capturados. — Machado diz que "amor nasce do costume". Penso que amor nasce dos olhos e é o costume que vem do amor. — Sim. E foi um clarão desses que tomou o bosque. Os corpos se veem pela alma e a alma pelos corpos. Viajam juntos. E numa noite sem estrela alguma, porque o breu nos enchia aos dois de paixão desacostumada, fomos a um bosque fazer amor e o amor é que nos faz um só. Mais tarde, adotei o menino que soube procurado pelos avós, que a mãe morreu no parto. Era o gabiru Uzias — de nome bíblico. Adotei-o, criando como pude. Mais crescido, deixei-o com os avós — Tertúlio e Lana — de boa índole, pagando mensalmente alimentos, roupas, estudos. Fui para longe, porém não o abandonei. E ele se forjou no ódio por mim. — Ódio? — Não perdoou que a mãe tivesse morrido no parto: a culpa. Ajudei-o a ser famoso entre os gabirus. Tinha talento. Com as condições de se tornar homem. No entanto, maldaz, aparentou-se à natureza predatória: dentes e garras avultaram. Também a cauda. Ficou homem-rato; às vezes mais um rato grande que homem. E lutou contra a liderança de Natalício, que conheci no teu casamento. — O mais sabemos. — Sim. Esquecemos de saber, de tão sabido. E a fortuna ajuda aos maus, perverte os bons e não tem fulgor algum, nem se abre com faca. — E a cólera inconsciente de um filho contra o pai é ilimitada. — Parece que o pai lhe deve e o que fez, nada valeu. — O que teria de aprender, rejeitou. — Não há entendimento na loucura, salvo se ela consegue captar a criação. A loucura não tem próximos. É mais sozinha a escuridão. E nem sabe que tem outra dentro. — A escuridão não gosta das coisas mínimas. Tem vocação de Mar. — E as coisas mínimas, vocação de infância.

4.

Depois que Raimundo Facó retornou para casa, acumulava ideias. E não apreciava meter o nariz na vida alheia: — Leva-se ferrão de vespas! — A fumaça é o alpendre do fogo — dizia o pai de Uzias, referindo-se a ele. E que fogo! O da caverna da alma humana. Até ao passar debaixo das árvores, cismou que elas estivessem resmungando. Como se os sonhos se apertassem contra os galhos e os galhos contra os sonhos. Não há delicadeza no vazio. — É como as famílias, vez e outra, têm uma ovelha negra. Uzias não era exceção: gato enorme e negro como ovelha atacada de gigantismo. A alma tem elefantíase com deturpação da infância.

5.

Havia uma vaca, a Frineia. Dava leite e dali advinha queijo. O nome foi por Cláudia concedido, lembrando a concupiscente dançarina grega. A vaca é o melhor estado de infância. Todas as infâncias dão leite e nenhuma é menor do que as outras. Era como pessoa da família. Um dia alguém a tentou seguir e ela, se voltando, jogou-o de costas: e as costas ganharam a cara do animal irado. Contudo, atendia gentilmente a Cláudia e Pompílio. Sofreu punição por haver destruído uma horta e foi-lhe dada surra de chicote no lombo. Ela berrava como criança amedrontada. Alguns humanos não acham importantes os animais e os animais não acham importantes alguns humanos. Não sabem sequer que a vaca tinha zelos de donzela e falava com os pássaros na grama. E não observou sequer a lágrima nos cílios obscuros da vaca. E tinha relação com a noite, como se com ela tivesse um filhote. Aristóteles julgava a inteligência pela pele. Os de pele dura eram menos dotados e os de pele macia, mais dotados. Não valeria tal conceito para a vaca, com o pelo macio. E vez e outra, Pompílio acirrava em si o sentimento da vaca, com ubres repletos ao aguardo de um aliviante ordenhador. Enxergou melhor: suas pupilas incendiaram. Era o leite, fonema do alvorecer, entre as vogais das tetas. O leite da benfazeja condição humana. E de tal forma era mágico esse animal — para Pompílio — que, se lhe fosse dito o que um frade falou para Tomás de Aquino: "a vaca está voando!", ele iria, como o pensador, olhar pela janela. Entretanto, a janela era divisar os olhos da vaca que gostava de fitar lá para dentro. Um aquário na psicologia ruminosa, com os tais de peixes humanos. Por que os bichos não teriam vista oblíqua, ou, na melhor hipótese, inversa da nossa? É na vaca que achamos a filosofia. E no burro, a política. Entretanto, o burro não é dissimulado, o homem sim. O homem é a continuação do burro e o burro, a do homem. E o tempo, a continuação da vaca. Com um agravo: o tempo pode vagar aonde quiser e a vaca jamais se entranhará, por mais que deseje, pelas veredas de um coelho.

6.

"Deus vê tudo, porém não diz nada" — afirma um ditado gitano. Para Pompílio, Deus vê tudo e espera. E a água que tanto ama o homem não lhe falta, por entendê-lo, aos poucos. E foi calçando os pés nas águas de Marechal Oceano. E a ele fitou, com olhos de aguamentos parados, quando o governador D. Quevedo se levantou da cama, como se nada tivesse passado. Energia dupla, aos borbotões. Na largueza. Retomando as rédeas da administração de Assombro. E chamou Longinus para conselheiro da Governança, o que de início não aceitou. Contudo, em sonho ouviu uma voz dizendo: "Estás onde eu quero, não aonde queres!" E acolheu essa voz. Acatou. Vendo-se nomeado na roda trovante do povo. O que é poeta em estado puro, e tem a língua da água e os pés em Deus. E sua escolha foi uma festa da gente na colina. — Por ser gente, a colina! — frase de Pompílio para Cláudia, diante dos ribombos do Marechal Oceano. E falou com ele, escutando: — Companheiro! Quando o vento nos ouvidos assobiou há um acontecer que não para! E Longinus ficara ditoso ao saber de que a leitura no aldeamento da gente na colina era de céu mais alto do que o céu: tapete voador, flauta, antídoto aos ratos e traças, a iguaria de violas, os morangos selvagens, a seiva que trocava o amanhecer das árvores. E esse viajar das mentes querendo a amizade dos passarinhos. A lei não escrita e reconhecida era a de se sustentar, plantando cereais, cuidando das ovelhas que davam carne e lã, vestindo a costura judiciosa das mulheres. E ler, o que a biblioteca crescente da comunidade organizava, tendo exemplares, alguns doados, outros que Longinus conseguiu na compra das livrarias, entendendo a coragem dos livros que, para Paul Valéry, têm os mesmos inimigos que os humanos: o *fogo*, a *umidade*, os *bichos*, o *tempo* e o *conteúdo*. Pompílio não pensava como Borges, de que o paraíso fosse uma enorme biblioteca. Ele a considerava muralha contra a ignorância, a maior das perversidades. E tinha relação íntima, maviosa com os vocábulos, o uso de seu recôndito arsenal de realidade. Havia o tempo. E a memória é um acesso de consciência que engoliu, quando gabiru, volumes inteiros. Na acepção do termo, desconhecia o que proclamou Francis Bacon, sábio inglês, para os livros raros, "os muito poucos que devem ser mastigados e digeridos". E diante dessa motivação perdeu um bocado da má consciência, encontrando argumentos para sua errante trituração, quando se transferiu para a capital. Tal luxúria não passava da incontida sede de acolherar todas as palavras, degustá-las a contento e amá-las. De enamorado a marido ciumento. Faltava na colina, um jardim. E a um dos seus ajudadores, com vocação de tesoura e rosas, legou esse propósito.

A árvore plantada é o tempo que se cultiva na doutoria das estações. Amar é estar em todos os desconhecidos. E Pompílio tinha também o afeto de sua gente, porque sabia interpretar seus silêncios. E os silêncios também aprenderam a interpretá-lo. Não há ódio algum na esperança, e se ela enverdece, os campos todos a imitam. Natalício, seu pai, costumava assuntar: "Quem sonha com caranguejo fica caranguejo, quem sonha com pássaros fica pássaro. Quem sonha com Deus fica em Deus." Alguns da gente da colina foram em busca de universidade na capital, ou em Pontal de Orvalho. Todavia, não era a universidade, sabedoria, era uma porta de acesso. A sabedoria deixava-se andar de viver. O Marechal Oceano parecia não existir de prazeroso no rugir dos crepúsculos, como tigres em caçada do bosque? Frei Jeremias Beto, amigo de Pompílio, senhor das vinhas, era vizinho em Assombro, inveterado leitor, escritor aventuroso, assegurava, ao falar pelos livros: "Não fujo, não saio do lugar, não abandono quem cuida de mim. Fico ali à espera, em cima de uma mesa ou enfiado numa prateleira, sem alterar o meu humor. Exato quando sou alvo da cobiça de pessoas sem escrúpulos, que me roubam de meus legítimos donos." Então me acordei do que Raimundo Facó contou de seu dissimulado filho — Uzias: "Não é que ele veio visitar-me, ainda rapaz, e, quando me ausentei, subtraiu-me *As bucólicas*, de Virgílio? O que teria feito com o livro, senão devorá-lo? Não recolhi mais das mágoas justas de Raimundo Facó. Todas elas se gastam no líquen da justiça. Raimundo deixou-o na mão de Deus e pronto. Não precisava discutir, contender. "O juízo vem a toda a brida!"— assinalou o avô gabiru, Vicente, o que fundou a comunidade. E por associação, atinou de como, apesar da pouca cultura, era de boa madeira, tinha lume. Contemplava o Mar, horas sentado, como se fosse um avental diante de outro. Ele era uma biblioteca de tradição oral, que passava a um e outro, tal se a transmitisse com a honra dos ouvidos. Quando penetrou a velhice, mudou de conversas e histórias (muitas nascidas do Marechal Oceano), principiando a falar num idioma novo, que ninguém entendia, semelhante à linguagem das aves, de trinos e pios, de "*f*" e "*l*", escura como o pavio de uma mineração, com pretume igual a seus avisados olhos. Todos se envaideciam muito dele e desse novo linguajar. Não precisavam compreender, porque a compreensão se faz de amor, não de idiomas. E há um idioma universal que se comunica além das línguas: terra do coração inviolável. A loucura é a fala de Deus, porque o amor é a loucura de Deus. E não há amor sem loucura. Nem fé sem entrar de antemão no ribeiro da eternidade, em suas águas de fogo. Com o ascender e o baixar. Nem pé que afunde o céu. Não ensina o Mestre de Mondego que "inexiste prazer que venha inteiro e que de todo no coração satisfaça?". O avô de Pompílio, Vicente, morreu tocado por um raio, debaixo de um castanheiro, chovendo muito. Era um sonho de infância sentir a chuva sob as árvores. Morreu no sonho da infância, em êxtase. Como quem vai para o vale definitivo. E não acorda mais. Ficou sua biblioteca de lendas e histórias dormindo com ele sob o telhado informe da terra e das gerações. "E o céu favorece aos bons desejos" — refere numa visita a Pompílio, Longinus citando Miguel Cervantes de Saavedra. — E quais os bons desejos? — indagou-lhe o hospedeiro, contente de sua presença, arregaçando os ouvidos, como num só, pálpebras inflando: — D. Quevedo quer visitar-te, de tanto que sobre ti falei. — Se aqui vier, será bem-vindo. Embora não possa oferecer-lhe manjares, nem honrarias. Vivemos do que somos. Sem nenhuma inferioridade: agora somos humanos. — É isso e basta! Cláudia apareceu com um rosto de sol no pé dos olhos. E o abraçou. O povo também quando se deu conta (as vistas do povo são as dos pintassilgos). Até a vaca Frineia majestosa. Nem a Rainha de Sabá com sua riqueza se aconchega à opulência desta vaca de solar testa e garupa de lua. Acha que escreve e lê, vaca alfabetizada. Semelhante a certos eruditos, mas lê as flores e mostra-se tímida diante dos estranhos. Interpelada, não articula sons (ouvimos acaso o som das flores entre si?). Compreende, contudo não carece de ser compreendida. E por que alguém teria pena de uma vaca que dá piedoso leite e nada mais oferta? "Não vou discutir com a vaca!" — pensou Longinus. E deu meia-volta, não entendendo. Até os filósofos se perdem entre as miudezas. Despediu-se: o recado fora dado e não havia gagueza de alma. E se a vaca te mugir, não a imites! Quem não se molha, é da chuva. Despediu-se, sem surgirem esquinas na tarde. Longinus desceu o monte.

CAPÍTULO DÉCIMO SEGUNDO

Ventou à noite. Com o Marechal Oceano bufando. O vento fala e às vezes entendemos. Mas há avisos que o vento fala que só Deus sabe. Ou tudo geme pelo começo ou fim. E na cama, juntos, Pompílio e Cláudia se aqueciam sob cobertores. Vento frio, sem tréguas. E ela disse: — O vento sabe o que acontece. Nós não. — O que acontece, já está acontecendo. E o frio mortal é quando os sinais vêm. E a justiça passa pela casa dos que nos despojaram. O vento é inumerável e seu exército faz tremer a terra. E os dois calaram para escutar as milenares passadas. O que para em Deus. — Sim, é quando Deus fala coisas que apenas o vento sabe. — E a nós é vedado, para que continuemos e continuemos. E a natureza estala como se os ossos triscassem uns nos outros. Ossos do vento, ossos de séculos perdidos. Não se acordam no vento os que nos despojaram. — Este vento é um sinal! — sussurrou Pompílio. — É um sinal! Porque nada deixou de ter significado. Mesmo o que não sabemos. — O vento canta — Cláudia murmurou, tal se clamasse desde muito longe, lembrando não se "sabe o quê", num lampejo que parecia brotar indormido das coisas: — O gênio é a pátria do vento!

2.

Mas o tempo não tem gênio algum. Salvo quando é parteiro de si mesmo. Chegou o governador D. Quevedo, com sua comitiva, sem os antigos olhos e ouvidos de erudito e de artista que eram também olhos e ouvidos do poder. Porque ao escutar e ver se cansam todos. Mas a ambição tem as mãos nos pés, puxando uma das pernas. E a constelação de povo se ajuntou em torno da comitiva. E a cara do governador tinha a cara do povo. E a cara do povo tinha a cara dos trigais e os trigais ondulantes a cara do Oceano. Pompílio sorriu no sorriso do governador D. Quevedo e Longinus sorria grande com a cara de horizonte. E o horizonte vagaroso subia na colina. E a colina subia ao céu. D. Quevedo soube da educação pela palavra e a carga de fonemas avultando na leitura do povo com as letras: milho aos sabiás. E o progresso na produção de cereais. E a fome ia minguando: tinha lua crescida. Pompílio agradeceu o rebanho de ovelhas, que, de parir, eram ondas brancas, bem falantes. D. Quevedo se agrandou de ar com Longinus ao lado, dizendo: — O povo é que sabe! — O governador, Pompílio e Longinus comeram um peixe assado ao forno, com os cuidados culinários de Cláudia. E veio a promessa da construção de escola com biblioteca e livros. — A educação — observou D. Quevedo — é o alicerce. O tijolo, a cultura. Não se começa a casa com o telhado. É a cumeeira do tempo. — Sim — disse Longinus. — Educa-se, sonhando no vivido. — Não deixas nunca de voar — falou D. Quevedo ao filósofo. O outro concordou, contente de estarem as coisas acontecendo. E tinha vontade de engarrafar, aos poucos, o sol. Depois se deu conta: — E os outros como ficarão sem ele?

3.

A traição é humana ou eterna? É contra si mesma. Sucedeu o que já estava sucedendo, mesmo que não suceda. Um trovão na chuva assinalava o aviso da dissimulada traição. — Um trovão de plumas negras. — Nada sucede sem que o céu avise! — assegurou Cláudia, perturbada com algo que não sabia e que a tocou, impalpável. — Tereza, uma do povoamento, desobedeceu ao alerta de seguir adiante sem olhar para o trovão. Ao fixá-lo, tornou-se uma estátua de fogo que se consumiu em cinzas. Passados os estrondos, o trovão, tendo esgotado a última faísca, tudo foi como se nada houvesse acontecido. Só aconteceu porque Tereza morreu e foi o para-raios ou cata-vento desacordado. E desacordar-se de acordado é não saber mais que alma se tem. E foi naquela noite sem alma que Pompílio e Cláudia souberam (Raimundo avisou!) que Uzias, morador com seus dois comparsas em montes de lixo, ou nos esgotos, devoraram pelos ossos uma mulher, com a ânsia de comer a luz. Estavam transformados em perigosos gatos selvagens. Não havendo mais nenhum ceitil humano neles. E apreciavam ossaduras. Eram velozes, vorazes. E passaram a esconder-se na floresta de Assombro, trovões de garras e olhos sibilinos. Desertados da fala, urravam. Surdos de si mesmos. Inevitável era para o bem público serem pegos e enjaulados como criminosos. Tinham o instinto, a sanha ou avidez das feras e a devastadora inteligência dos homens. Quando Pompílio foi de tudo informado, desabafou, vaticinando: — Nada há pior do que o homem num tempo por dentro devorado. — E teve dele misericórdia. Cláudia não entendeu, emudecendo. Mas é inteligível a loucura?

4.

Sempre que se tratar de loucura, há que vislumbrar três países: o amor da fé, a fé no amor e a criação, que é o absurdo de ver. E quantas vezes o nonsense é o único senso possível? Cláudia, aos poucos, foi compreendendo, apesar da praticidade com que se vinculava ao mundo. Pompílio não mudava no seu lado visionário. Sendo inúteis os conselhos e instâncias da mulher: — Olha as coisas como são! — repetia ela ao marido — e não como poderiam ser. E ele respondia: — Cláudia, as coisas que não são já estão sendo, e às vezes não sabemos. Porque não saber é o que se vai ensinando. Até se ensinar o que nunca se aprendeu, por viver muito. — E atirou no ar, peremptório: — A loucura é a imaginação que se esquece. — Não esquecemos demais? — indagou Cláudia. Um dia isso, outro dia aquilo. Ou chave, bolsa, roupa. Daqui a pouco esqueceremos a memória. Nem digo a cabeça. Mesmo na distração, a cabeça não voa. Os sonhos sim, voam sempre pela leveza de água. E a água tem olhos, sabe ler. — Se esquecemos, Cláudia, é porque não amamos suficientemente a loucura de Deus. À parte, leitores, vos digo que Cláudia não se deixava levar. Gostava de ver também junto. E se acostumou a não confiar cegamente. — Em Deus, sim. — dizia. — Mas Deus me pergunta e eu respondo. Faço provas e Ele mostra. Sim, respeitava por tantas experiências a audácia maior no desconhecido de Deus que Pompílio acionava. Ela examinou esse verbo acionar. Estaria certo? Acionava forças, não é mesmo? E lembrou-se de sua mãe Otília. Não entendeu o motivo. Ou porque mãe é um estado de infância que não se exprime? Uma espécie de companhia segura no esconderijo de menina. Lá dentro, onde se enrolava com manta. E a manta, às vezes, era curta. E para não quebrar o sigilo do vento lá fora, Cláudia tinha propensão de intrometer-se falando, falando. E ouvindo o chiar da chaleira que deixou fervendo. E há que coar o café com as realidades. Cláudia se alça, inventa o raciocínio do que as coisas pensam. E a chaleira apenas fria pode ser vaso de flor. Assim não, está viva demais, absorvente. Olhou em silêncio para Pompílio, observando uma ruga na fronte. Não a vira antes. Nem seus olhos que estavam angulosos e lavados de luz. "Mas a luz não precisa de casa" — ela pensou. "Não, pelo menos a terrestre." Depois criticou a chaleira por ser intempestiva. Não podia esperar? — As coisas não deviam abrir a boca para dizer qualquer coisa. E a coitada da chaleira não suportava mais o calor. Tinha que gritar mesmo!

5.

Naquele alvorecer, o sol rolava pelas árvores e achava que o ar era escorregador — o que o aborrecia enchendo as bochechas vermelhas. Quando o sol terá desconfiômetro? Sofre de complexo de superioridade. Sim, naquela manhã, Pompílio conversava na varanda com Cláudia. E lhe passou pela ideia num clarão, um desses que não dormem. — Há dois momentos — descobri — na intimidade com Deus. O primeiro é quando a sua palavra-pessoa nos é plantada em terra fértil e toma conta do espaço em nós e nos dirige. O segundo momento é a entrada em Deus, quando avançamos no desconhecido e nada então é impossível. Sinto-me, Cláudia, no início da segunda etapa. Sei que tudo virá, pois tudo está acontecendo. — É. Não deixará de acontecer. Às vezes, porque sou prática e de tal modo que me consideram boba. — Não tens nada de boba! Apenas fazes que não entendes nada, mas captas todos os fios. Ficas como quem se finge de morta para viver. Bobo era o caso de Petrus — recordou Pompílio. Ganhou esse nome de seu pai, professor de latim da escola. No acampamento que crescera igual a uma aldeia. Dedicava-se Petrus ao pastoreio de ovelhas. E acreditava piamente em tudo o que lhe contavam. Podiam ser coisas as mais inverossímeis e a resposta era sim. De sim em sim, foi-se afastando do mundo. Até não ter mais chão, salvo o do sono e alimento. Tentaram convencê-lo a mudar. Não conseguiram. Só podia vir à tona do real pela palavra. Tirando-o desse autismo. Até os sabidos queriam fazer-lhe de bobo, ora com astúcias para não seguir o rebanho, ora mostrando-se enfermos, quando não estavam. E Petrus se compadecia deles sem notar nada. Como se tomado de amor. E não se diz que amor faz tolo, um sábio? E ele não era sábio, era um desses espécimes raros que creem na humanidade. E nisso Pompílio o ajudou porque davam-lhe pena todos os bobos (também os de si mesmos), porque havia os bobos da aldeia, os bobos da humanidade e os bobos absolutos. E em todas essas classificações Petrus se inseria. Foi quando Pompílio o chamou em casa, não explicando nada, porque Petrus já aceitava tudo sem explicação. Convidou-o a sentar e pediu licença para pôr uma palavra na cabeça e nos ouvidos de Petrus, que aceitou. E ao colocar nele a palavra, riscou com a mão o círculo e girou a sala diante dos olhos espantados de Petrus. Nunca mais foi o mesmo. Pegava os enganos no ar, como certa figura do acampamento, o Eterídio — pequeno e muito magro —, que tinha o poder da velocidade: agarrava os passarinhos igual à mão voando e os peixes no mar. Agarrava com firmeza. E era tido como mágico. Pompílio dizia que "a natureza cria certas qualidades que a ela se contrapõem para divertir-se". Cláudia achava que era bobice da natureza, ou mania de contradizer na vaidade, ou gosto duvidoso de ouvir a própria voz. Eram tantos os pássaros ou os peixes capturados que não serviam para nutri-lo (por ser de escamas finas). Ele os distribuía, atencioso, entre seu povo. De tanto ir de água em água o chão se perde. E sumiu Eterídio, um dia, no mar. Sem idade. Foi nadar e o Marechal Oceano o arrebatou para si. E Pompílio se quedou na tristeza que entontecia a todos, andeja e ébria, falando à Cláudia, não sei se aludindo a esse sumiço, ou a outra coisa sem casco, vareio. "A infância não tem pai, nem mãe. É sozinha!"

6.

Os galos cantaram e alguns cães ficavam latindo lá fora. A casa de Pompílio era um chapéu de vários bicos na colina, chapéu clareando. Pela janela, Cláudia viu a vaca mimada, pascendo, a Frineia. Com as calhas da manhã. E não a olhou mais, foi para a cozinha. Não percebeu sequer que a vaca passou pelo varal de roupas esticadas, secando. Gostou do cheiro de sabão de uma delas: era de Pompílio. Gostou e parou. E com os dentes puxou a calça e a pisou na grama. Como se tivesse influenciada pelo instinto gabiru de roer ("dize-me com quem andas, que te direi quem és"), o que não demonstrara antes. E digeriu os botões da braguilha, um a um. Depois triturou parte do pano e não conseguiu provar nenhum sabor. Como era vaca lúbrica, gustativa, largou a calça em frangalhos. E um torpor de culpa se lhe assenhoreou — o que há de ser pesquisado por psicólogos vindouros — e saiu para longe, entrando no mato. Pompílio soube no dia seguinte da destruição da sua calça pelos pedaços que rasteou, aqui e acolá. Desconfiou da vaca, mas como, se nunca fizera isso antes? Quando pediu que a trouxessem a sua presença, fixou bem nos olhos de Frineia e a vaca baixou a testa, inquietando-se. Pompílio soube e só não pôs a vaca no brejo, de castigo, quando vislumbrou uma gota de água nas pupilas, sentindo na alma este gotejo de bondade. Deu-lhe um pito e palmada sobre o lombo. A vaca se arredou num fininho, tal se atrasasse nas patas o tempo. E Cláudia reparou que aquela vaca tinha coisas de tempo. E o tempo tinha coisas de vaca ruminadora. Não há alfafa e pasto que chegue. E Pompílio avistou mariposas numa poça e a seguir, nos postes. E colocando os dedos na gola da camisa, recordou os versos de um poeta campeiro: "As mariposas de água/ junto à chama dos postes/ chovem almas na morte." E a vaca espreitava de longe. Avizinhando-se de Rosaura, a que teve ideia radiosa: mudar a técnica de tirar leite. E como mudaria? Pegar as tetas do animal. Com as duas mãos: todas as tetas. Não apenas uma por uma. E isso foi notícia em Assombro, ficando Rosaura perita e assim afamada. O que foi imitado. E ela, inventora, valorizou o trabalho de arrancar leite, como outros valorizam o de carimbar cartas. E nas suas atiladas mãos, até do papel podia extrair leite. Desde que pusesse a palavra leite. Depois verificou a necessidade da palavra teta que foi espremida e jorrava no balde. E deu-se conta de que carecia da palavra vaca. Todavia, a vaca negou-se a ser vaca, então

Rosaura resolveu mugir e a vaca Frineia falou. Ainda mais com estudos em celebrada universidade, onde analisou Machado de Assis, querendo lecionar e não apenas ser ordenhada, coisa tolerável e ordinária, muito aquém de sua nobre função de magistério. E Rosaura, a partir desse instante, não perdeu tempo e tirou leite segundo o novo método revolucionário. Na palavra: de pé sobre a página, de barriga para baixo. E assim foi. Por que as palavras gostam tanto de mudar de natureza? Pois tudo sucede, depois de já haver acontecido.

7.

Otília num sábado, sem avisar, saudosa de Cláudia, caminhando com dificuldade, surpreendeu, além da filha, Pompílio e Rosaura, perto da casa, ao lado de Frineia. E nunca havia visto vaca tão gentil: uma dama. Conteve-se de falar porque o maravilhoso precisa ser discreto. E os animais têm percepção mais lúcida do que muitos humanos. — Mas qual a lucidez dos animais? — perguntava-se Pompílio. Combatemos para sair da condição de ratos e conseguimos. Agora é preciso aprimorar essa estirpe, cuja inteligência não sabe da vida. E que adianta vida sem inteligência? E quando Otília entrava na casa, de repente a casa entrou nela e não presenciou mais seus óculos. Estavam no bolso de cima da blusa azul. Inclinara-se e caíram. Não sabia onde. Pompílio e Cláudia a acolheram com alegria e ela achou amor. Virgilianamente (seu poeta) tudo estava cheio de Deus. Fora os óculos. Embora, ali, não necessitasse deles. E foi a vaca que mugiu lá fora, para suprir sua anterior falta, ao arruinar a calça de seu dono. Pompílio entendeu que algo havia. E viu brilhando os óculos ao sol. Tinham lentes olhando para o chão e o chão olhava melhor do que elas, distraídas. Então Pompílio levantou os óculos intactos, sorriu para a vaca, alegre com a compreensão humana. Otília, ou "Tília", descansou ao contemplar os óculos, outra espécie de cara-metade, a do esquecimento. E deu um beijo na testa da vaca. E Cláudia, sua mãe e Pompílio sentaram, fabulando. A verdade arrisca o que tem, para não arriscar mais ainda. E a fábula é a verdade que enverdeceu. Apenas alguns têm o privilégio de a vislumbrar. Os outros não: carecem de mais tempo. E o tempo, de mais alma.

8.

Otília contou o que aconteceu na vizinhança, fato lido num dos jornais e confirmado por Jamil, seu mais incrédulo lindeiro, sem não antes com fereza observar que amor no ódio se paga. Urbano, que tinha nome de bispo, papa ou imperador de Bizâncio, não passava de um amalandrado homem de negócios, capaz de comerciar um lago ou rio, como eventuais terrenos, graças à galopante lábia. Seu xodó, que chegava as raias do ridículo, era pelo seu sobrinho, o bem-apessoado e macérrimo Custódio. Pintor de primeira linha ou de severa água, com inúmeras exposições que lhe granjearam razoável fama. Por saber valorizar seus dons, tinha o apelido, dado, a jeito, por companheiros, de *Fenício*. Seus quadros eram feitos de colagens, com rico timbre e vertigem, coordenando pormenores dos quadros de Klee, Matisse, Miró, Renoir, Picasso, sobre o que trabalhava em aquarela ou pastel, engendrando uma pintura de feição própria, catada a prata (quase a ouro) no mercado. Diferentemente, seu tio, além dos negócios, era um inventor, desses que se destacam, é lógico que sem a fecundidade, que era inesgotável, de um Thomas Edison. Apenas levou a mocidade na criação de um gramofone, capaz de reproduzir a voz da alma, usando os sonhos. Se alguém dormisse ao lado do aparelho, dava possibilidade a Urbano de captar os sonhos por palavras e imagens. Patenteou o invento, porém, em face do temor e do lobby da Sociedade de Psicanálise, que se prevenia contra tal aparelho, que poderia — o que não era real — substituir ou suprimir o exercício da freudiana profissão, padeceu incrível boicote, com o que não contava. No entanto, não era homem de acatar ordens do destino, e se pecúlio não houvesse no bolso, teria submergido. Ficando o gramofone para uso próprio, até se alargar a todos. Sua genialidade não servia para ninguém, nem para ele. Enchia cadernos e cadernos com novas invenções. E se o não reconhecimento o perseguia, ele acolheu essa sorte, com a modéstia de pólen que se encobre do futuro germe: um dia haveria de explodir. Parafraseava um estadista, com certa frequência: — A arte da política e da pintura resume-se em deixar os cavalos passarem. E ao ver passar quase flutuando um cavalo azul, pensou: — Meu tempo está se achegando! Vestia-se com desmazelo. Seu sobrinho, no entanto, era um dândi. Trazendo ternos finíssimos, gravatas de seda, sapatos feitos à mão. Impunha-se. E não perdoou ao tio jamais o fato de casar-se de novo, como se a felicidade fosse imperdoável. E ao dar-se conta disso, Urbano consolava-se com o historiador Tácito: "Os benefícios são apreciados, enquanto se vê a possibilidade de retribuí-los: quando, ao contrário, superam esses limites, em vez de gratidão, geram ódio." E em relação ao sobrinho, não esperava retribuição. Contudo, recebeu o pior: uma tarde Fenício retirou, indevidamente, da gaveta do escritório de seu tio, documentos não oficiais, agarrou alguns livros da estante. E foi o vizinho Jamil que observou o movimento estranho do sobrinho do inventor, primeiro carregando os tais objetos, e depois, com o escavar da pá, tapando-os de terra. Viajando os mudos objetos (entre eles, alguns livros) de Urbano para as entranhas do solo-irmão. Jamil aproximou-se e perguntou a Fenício: — Por que assim agiste? As coisas são tuas? (Conhecia-o de menino.) Chateado com o inoportuno flagrante, num gesto brusco, disse: — As coisas vão florescer, precisam florescer! — Jamil não entendeu que flores seriam essas, brotando fora do papel, ou talvez da terra para fora. Depois discordou enérgico, sensato: — Se lermos, os livros florescem, sim, dentro de nós. Na terra nunca vi. Só dão cria nas ideias. E os documentos se enlameiam para os ratos... — Urbano, avisado e sentindo a falta de suas coisas, inclusive de volumes encadernados e cartas desbotadas, irritou-se com o sobrinho, achando-o ensandecido. E reclamou, indignado: — Ainda bem que os papéis não são importantes! Mas os livros? Sabes o alfabeto de cores e telas, entretanto não sabes nada do alfabeto do sangue nos livros, ou as vogais como aves que cercam os pensamentos! E os livros são meus olhos e as vogais, meus desejos. Por que tentaste enterrar-me? — Tio, não quis te sepultar, nem quero! Os antigos não guardavam na terra as moedas, por que não enterrar, preservando, o ouro dos livros? E podem até florir! — Estás me ironizando? — Não. Penso assim. — É uma lástima! Fica sabendo que não morro, mesmo que enterres os livros, que são meus olhos (enfatizou). Eles já me leram e não morrem, nem eu! — E afastou-se. Nem falou mais com o custodioso parente. E abandonou aquele despojo no chão, a nada se prendendo. Apenas dias após plantou uma palavra, sob a terra, com seu nome. Dali nascendo o pé de exultante palmeira. O sobrinho pintou retratos, alguns personagens históricos, e foi perdendo a noção de quem era. O tiro saiu-lhe pela culatra, entre cores. E as cores não sabem de nada, por não saberem nem de si mesmas. Urbano abandonou os negócios e dedicou-se a inventar. Foi exatamente quando o gramofone de almas viu-se reconhecido. E ganhou mundo. O infortunado sobrinho apanhou moléstia da alma. Talvez com ela já estivesse: no tresloucado gesto. E foi vagarosamente ficando gabiru. Cada vez menos humano, garras, dentes visíveis. E afinal, Urbano compadeceu-se do sobrinho pródigo (os que amam sofrem de uma bobice abdominal). Não foi Aristóteles que afirmou que o que envelhece rápido é a gratidão? Ao abraçar Fenício, o tio lhe colocou uma palavra sobre o coração, igual a um selo, retornando, assim, o sobrinho para a casa humana. E Otília, comovida, relatou o epílogo: o tio tornou-se sobrinho; e o sobrinho, tio.

9.

Por que essa história doeu em Pompílio, leitor, nunca se vai saber. Porque não possuía sobrinhos e por decoro e honestidade, não conheceu Fenício. E é por isso que talvez fugiram — Machado de Assis e Jorge Luís Borges — da paternidade. E com mais razão da parentela. Não pelos espelhos e sua função multiplicadora, simplesmente para não deixar a ninguém o legado de penúria. E quando alguém lhe falava em filho, estando à mesa, demarcava, ao repetir uma e outra palavra, de forma desarticulada, renunciante. Bebendo café, ou mastigando pão. E o que detestava era jogar palavra fora.

10.

Certa vez, Cláudia indagou ao marido se alma aniversariava. Pompílio, na primeira vez, emudeceu. Na insistência, disse: — Mulher, alma não tem idade, quem aniversaria é o corpo! — E diante do espanto da companheira, concluiu: — Se a alma tivesse idade, não seria eterna. — Otília assistia a tudo com olhar divertido. Via-se numa infância que imaginava ser a de Deus. Leitores, que infância é igual à da alma?

CAPÍTULO DÉCIMO TERCEIRO

Pompílio acatou um chamado de D. Quevedo, o governador. Aborrecia-se de se arredar, mesmo por pouco, de seu povo. Nunca pensou ser líder. Isso lhe caiu na cabeça, e a cabeça se enche de faces. E as faces, de coisas atadas ao bem comum. E o bem comum é uma pedra. Se nunca ouviram, leitores, ouçam: é uma pedra levada até o cimo, que cai e novamente é carregada. E seu peso pode ser alto, ou nulo. Pompílio foi ao palácio do governo de Assombro. D. Quevedo almoçou com ele. Longinus estava lá. E conseguiu uma potente caixa de água e encanamento para a aldeia. D. Quevedo cerziu sua política na ajuda aos aliados. E no meio da conversa, não se conteve. Desenhou à mão, com termos técnicos, e outros mais compreensivos, num mapa de papel, o projeto do seu carro, que, com a condição de barco, aliava à de avião, tendo fuselagem, hélice, asas. E uma parte de nós já voava junto ao imaginar. E D. Quevedo voejava, tal o entusiasmo com que descrevia seus planos. Delirava tal um matemático diante dos cálculos. Quando a isso contava, parecia tudo parar, com exceção das plantas que persistiam crescendo. E as aves teriam um possível adversário mecânico a imitá-las, e a concorrer com elas. Era a mula voadora da governança. E com garbo previa aventuras celestes.

2.

Uma das novidades da Comunidade da Paz — assim a placa a denominava — foi a edificação de um restaurante de pequeno porte, com as especialidades: pizza e massas. A notícia tem boca de trombone. E o trombone, boca de flores e ruídos. Garrancho era a alcunha do novo proprietário. E de tal maneira tomou o nome que nem o conhecia diferente, nem sua mulher, Luanda. E proveio de criança, quando, em vez de escrever, garatujava letras incompreensíveis. E esse desalinho escrivente alcandorou-se com a idade, ficando cada vez mais ininteligível na escrita, como se tivesse a graça de língua incaica, desventurada, emersa das grotas de eras. Bom, malicioso e brejeiro, anteriormente quase bárbaro, gabiru dos extremos, recuperou cara e estatura de homem no escarafunchar palavras, ao natural, como vinho de um barril vedado. Daí por que Pompílio se arcava de primazias: "A palavra é o homem." Não seria a mesma lei dos antigos, em que palavra já era mais do que documento? E foi logo frequentado o tal restaurante. Seu pagamento era mediante vales trocáveis por produtos, raramente a moeda. Batia a massa do comprimento da perna de uma ovelha sobre a mesa de madeira. Era igual a um lutador, socando com as mãos o pêndulo de pano amiolado, a farinha, brancura engomada de lua. E o forno aquecido, feito de tijolos. E a pizza arfava entre tomate e queijo, arfava de calor. Luanda também servia: os punhos delicados. Açucarada de noites na cútis, pés agitados, ancas de claves. E uma garçonete, Matilda, com bochechas de melancia recém-aberta, espevitada, carregava pratos, talheres, copos de sucos. E o vinho era proibido: podia trazer a lume dentro do homem, como o gênio na garrafa, o gabiru em germe, que não pode volver à tona. Não pode mais. Duas vezes Pompílio e Cláudia ali namoraram. E não é de namorar que amor demora? E de morar um no outro, se levanta. Tinha no portal um nome de letras enroscadas: Garrancho. E inspirava afinada confiança. Porém, o que pode acontecer, vai acontecendo, ainda que não se veja acontecer. Não é torta a esperança, mas a espera sim. Já viram uma estrela torta? E torta é a escuridão, porque anda de um só pé. Por ter perdido a perna de nascença. E o amor é só quando aprende a andar.

3.

Rosaura segurava a rédea da vaca Frineia. E espojava o leite, as tetas agarradas com duas mãos e o balde espumando. Seu método era eficaz e Frineia olhava, lasciva, como a obscuros objetos de desejo, ora entre nuvens se empilhando em telhas, ora sobre o jovem e velhíssimo Oceano, como se de uma sacada de gaivotas. Rosaura falava com a vaca e a vaca conversava com ela o que o vento dizia na mata e o que a mata dizia no vento. Os animais distinguem. E assuntavam tão unidos, tal se tivessem algum segredo inconfessável, porque o leite era como se brotasse de Rosaura e emergisse na clara bondade das árvores, das profundezas infantes daquela vaca de formosas arcadas e olhos de princesa da Aquitânia. A verdade é que a viçosa Rosaura dava-se por "inventora" de Frineia e não seria Frineia a verdadeira inventora de Rosaura? O que se cuida e ama transforma naquilo que nos cuida e ama. E o futuro da vaca é a fonte de renda de sua descoberta. Mesmo que "os anos venham sem ruído", segundo Ovídio, inditoso romano, a quem o exílio foi a cerca e o verso, o flanco de uma vaca. Sim, aquela visão da vaca e de Rosaura se debateu na inteligência de Pompílio, à feição de saltimbanco na praça, com garrafas indo e vindo, e se entrecruzando, sem caírem. "Assim é o tempo" — pensou. "Ou a eternidade que não sabe onde começar." E rumou pela aldeia, com Cláudia a pé, vendo um trabalhando, aqui, outro, com um pequeno comércio, ali. E além, o barbeiro Gaudêncio, segurando o par de tesouras na mão. As ovelhas se multiplicando, o céu se multiplicando. E ao fixar ao céu, já era ultrapassado por outro, como móveis camadas. E o passado costuma não ter nenhuma memória, tendendo a desaprender o que sabia, e descontrolando o que compunha impressões de realidade. E Cláudia admitiu: — Já passamos tempo, desde que nos olhamos pela primeira vez. E te amo mais. — O tempo talvez tenha amor junto — respondeu. — Não sei. Eu te amo mais e o que nos liga não é do passado, mas do futuro. E ele: — Percebo. Também o amor me abastece muito em ti; e o teu, muito em mim. Uma usina. — É. O nosso rincão da Paz precisa de uma usina elétrica mais moderna — Cláudia atinou. Associando palavra... — Com palavra, com palavra — repetiu Pompílio, acolhendo: o povo com o povo, como uma pedra noutra se acende. — Ninguém apaga a luz. O povo se alumia — aventou Cláudia, pondo os olhos nos de Pompílio. Uma candeia.

4.

Nada se mexe quando o Mar se mexe, quando o Marechal Oceano se atravessa de alma, se atravessa de sol. Como um trem de carga a linha, os trilhos: atravessa o sol. E a água tem grandes mãos de comboios que tem grandes mãos de ondas. Atravessa-se e nada mexe quando é tempo o Mar.

5.

Saliento, leitores, eu que não me gabo de amigos no poder, porém jamais esqueço os benefícios com que nos têm honrado D. Quevedo. E se ele possui desafetos e críticos, todos os possuem, nunca de nuncas atirei pedras no poço de que tenho bebido. E nem por isso o poço quer beber-me. Ou quer, sem que eu saiba. Porque o que acontece já está no acontecido. E recebi, leitores, eu, Pompílio, vos conto — recebi apenas um bilhete. E o contar faz parte do meu eito. Conto para resistir e resisto, contando. Recebi, sim, um bilhete do gabiru Uzias pelo correio, com sua letra riscada, caótica: "Eu dei tempo para os homens e os homens não deram tempo para mim. Atacarei." Pompílio se estarreceu com dois dados que o bilhete somava, além da ameaça: o primeiro — Uzias ainda tinha drágeas de razão e o pensamento não se embotara; segundo — o tom de lamento não condizia com a verdade. Demonstrava sua opção pela ferocidade e a luta seria sem intervalo; até o fim. Pompílio não quis causar precipitações, temores. Precisava aprestar-se, sondar astúcias, enturmando povo. E como ponderou o historiador Tito Lívio: "A audácia cresce com o medo alheio". Porém, a audácia contra a audácia desfaz o medo. E esse era o antídoto. Tecer manhas contra as manhas desferidas. Ganha o que vê com a espera e espreita o que sabe do acontecendo. Pompílio reuniu o povo, como um só, e disse: "Vamos defender a nossa condição fraterna contra a barbárie de todos os Uzias que nos querem impedir a civilização de nova infância e corromper a palavra e obstar a visão da glória de ser homem, assumida vivendo. O inimigo declarou que vem e exterminaremos todos os uzias, para que não fique unha, ou garra nenhuma deles. Pugnaremos nas vastidões e estreitos, com a arma do sangue e os escudos e armaduras dos desconhecidos de Deus. Ele é o Senhor!" E todos repetiram: — Ele é o Senhor! E Pompílio arregimentou com alas do povo, estas funduras e armadilhas: "1. Afiar a palavra na fogueira com seu gume. Cada um há de ter a lança de sua palavra bem forjada; 2. Afiar os olhos nos escuros. Uzias é filho de escurezas e é preciso a ponta dos olhos, como luzernas; 3. Afiar o amor com as naturezas de cada criatura, rio, mar, árvores, flores, e que a natureza seja gente de valente guerra; 4. Afiar o vento, este aliado, para que ponha as bochechas inchadas, empurrando veredas; 5. Afiar a consciência como espingarda, com munição de aurora, a pólvora do sol; 6. Afiar a alma contra o ataque da besta em nós, para que não nos traia; 7. Afiar perseveranças, tais balas enfiadas na algibeira da paciência, e usá-las de hora e vez. O que for aguçado de revelação, guarda-se como senha. É a costura de botões e casacos de código. E o portal da Paz há que ser reforçado com paliçadas de madeira sólida, a torre de vigia com atalaias e o chofar revestido de pele de carneiro, tendo nos toques os significados de avançar, parar, resistir. Os ossos de luz jamais se gastam." Assim falou Pompílio e o povo ouviu.

6.

Desabafava Flaubert numa carta a George Sand: "Não posso trocar meus olhos." Não se pode trocar de alma, nem de sonhos, por mais que se queira. Nem é ceguez a inocência. Defender-se é não se conformar com a escuridão. Ainda que seja guerra. E não é chorando que se impele o girar do sol crescido. E quando nos defendemos, até o solo ascende, vai subindo com a montanha. A vaca Frineia também não desejava ficar fora da luta, mugindo atrás da reunião do povo, mugia guerreando. Mas não podia ir para dentro do mugido, nem o mugido para fora do pasto. Até as aves seriam convocadas. A vaca não. Se preciso, Pompílio pediria a ajuda do Marechal Oceano, com perícia no aríete das vagas. Os sonhos não carecem de nos conhecer e sim, nós os conhecermos. E combatem conosco. E leitores, como viram, retomei a narrativa, porque Pompílio sentia-se responsável pelo povo. Morde o lábio (Cláudia conjugou suas forças para apoiar Pompílio), respira ofegante e se domina. Ambos se ajoelham e oram. Pompílio falou ao Deus de seu pai. E tomando o *Livro do caminho,* abriu em Jeremias: "Trarei tua justiça à luz!" E assumiram ambos a palavra, pegando-a na mão, e ela se colando como espada à espera. Vívida, onde fossem. Pompílio, além disso, apesar de guiar-se pelo sol, tinha um relógio dentro dele, ou era como se estivesse dentro de um grande relógio, igual a Jonas no ventre do peixe. Até ser vomitado do relógio, ou o relógio vomitado dele. Não importa. As horas continuavam a fixá-lo, porque o sol não se incomodava com ele. Nem possuía crises de tédio tais os ponteiros do relógio de solar preguiça. Leitores, de novo digredimos, porque é preciso entender o que o sol e as horas nos estão dizendo. E o próprio tempo pode tropeçar, retardando-se, e mudar tudo. Pompílio continuava pegando na mão a palavra e percebeu que ela também tinha tempo. E que avançava, corria para nova dimensão, a da luz. Incendiava-se de amor, vez e outra. Como se firmasse incandescente cometa ou estrela. Queimava. Por esperteza a puseram na gaveta e era tal fosse o céu: a gaveta. A espada se agitava na bainha. E surge numa velocidade que só corria com a palavra. E se lembrou da lei do humorista de Assombro, Millôr: "Os animais têm deficiências humanas." Porém Pompílio acrescentou, conscientemente, que os homens têm deficiências animais. E o que os aperfeiçoa? Cláudia se adiantou na sabideza: — A palavra! É a única que não permite empréstimo. Nascemos loucos para ficarmos sábios.

CAPÍTULO DÉCIMO QUARTO

Leitores, o aldeamento aguardou o ataque. E Uzias foi com os seus outros, noturnos, garras e dentes descomunais. Os dentes. Gatos como onças, esfomeados. Uzias não tinha mais olhos, os olhos é que paravam nele. A voracidade. E pendentes, astutos, andavam de quatro. Os animais do homem fazem que andam de pé, mas andam de quatro. Gostam de andar de quatro, porque é sua derradeira natureza. Miam e guincham (seria o rato que ainda estava neles?). E conseguiram homens com armas, a serviço. Que o dinheiro fala todas as línguas. O dinheiro mata a fala. Leitores, o dinheiro não tem fala. De repente é mais perigoso. E o ódio anda de quatro. Avança. Com rumores entraram pelos fossos que desembocavam antes do portal. E os mercenários vinham atirando na paliçada erguida. E o atalaia vigiava e deu no chofar o aviso da adversa investida. Trovejando. Pompílio pôs seu povo em armas, de almas afiadas num só raio. E o que, de segundos, fez: levantou a acendida palavra, com todas as outras no recesso. E zunia, zuniam. Vários homens robustos, de pálpebras dilatadas, pernas enormes avançando e atiran-

183

do. E em labaredas os olhos dos gabirus, mais gatos do que ratos, menos homens. Balas-pardais ecoam, voantes, ricocheteando. E os do aldeamento, todos açulados de alma à espera. E as casas como garças e gansos sobre o lago. E era a colina latejando vento fortíssimo por cima dos que avançam. Vento que os derruba e se erguem e os derruba, vendaval de cima para baixo, desabando o céu de costas sobre inimigos cambaleantes. E armas caem das mãos, querem voar libertas — são gaivotas que esvoaçam. — Deus é Senhor! — bradou Pompílio e o povo respondeu, como se um punho único, uma pedra, e os golpes de palavras despencaram sobre Uzias, com seus outros. Recordando o provérbio: "Se avançares, morres; se recuares, morres. Então por que recuar?" E tombavam inimigos. E vi Pompílio combatendo de palavra ardente e o círculo. E Uzias teve o pescoço comprimido entre dois fios de aço deste círculo. E apertado gritava. E os uzias atrás paravam todos num ensurdecer de corpos, atracados como canoas que se furam no baixio. E os de balas, retrucam. E o círculo sem dó enforca Uzias. E o morrente caindo, desabado. Tal um tonel abaixo. E Pompílio, com seu povo, rodeou os uzias desvairados e nova palavra os alvejou em cheio, desvalidos. Que a palavra se enche de sentido. E ela morde, morde fundo. E ao escapar, a morte os despojava de muita morte e a morte eram outras de morte em morte se avariando de morrer, até matados os invasores se emborcaram de casco para cima. E virou o céu de avesso. Pompílio disse — Basta! — E foi bastando a noite. — Não há boa-fé no que a maldade assoma. Não há boa-fé na morte — ele falou, de autoridade. E noutro dia, viram Pompílio e Cláudia que a terra tinha fome. E cavaram com o povo, lá no cimo, covas em corredor. E a fome da terra foi saciada de mortos. Ao fecharem o casulo de relva toda a fome se fartava. E como vão sós estes defuntos!

2.

Uzias com os outros, iguais todos, deformados, em metros de um só pano da fazenda de argila, costurados de umbra e pesadume. Assim foram os que não chegaram a ser homens, por estarem já mortos, quando respiravam. Estes mortos sozinhos. Mortos de parar de morrer nunca. Mas o vento parou, o céu parara e nada mais subsistiu, nem se escapam almas. Grandes mortos afastam os pequenos. E os demais, como defuntos parecidos, logo se equivaleram no quintal do húmus. — Quem vigia o vigia! — exclamou Juvenal, no aldeamento. De olhos atiçados e pequenos, com jeito de um carneiro posto em pé. Nem há libras de peso para a morte. E os mercenários estirados. Igual à mó. E foram atados um a um, a pedras grandes: jogados do cimo para o Mar. Não sei a camada de Oceano que os sumiu. E tinha a cara de um pai de família bonachão, o camarada Mar. E falou erudito, ao citar Molière, talvez decorado no seu teatro de abismos: "Morre-se apenas uma vez, mas por tanto tempo." E suas faces inflavam, meditando. Pompílio mandou pôr uma pedra no início da colina, lembrando este momento de agonia, tendo para Uzias a inscrição: <u>O que nenhum século futuro negará ser meu:</u> <u>não ter temido morrer, não ter me rendido.</u> Preferindo a <u>morte corajosa a uma vida sem luta contra o homem, meu</u> <u>igual e desigual.</u> UZIAS GABIRU. (Carta deixada por ele no bolso de um dos mercenários.) E para os demais defuntos, determinou que fossem postos em pedra apenas estes versos do poeta italiano Ungaretti: "Morrer se conta, vivendo." E se alguém lhe falasse de batalha, pegava os nadas sobre a mão e a boca. Sem repetir do que nem ele sabe. E é insuficiente o tempo no silêncio. Ou é o silêncio que cegou de vez. Sim, como foram sós estes defuntos. E a morte mais sozinha ainda.

CAPÍTULO DÉCIMO QUINTO

Raimundo Facó e Pompílio foram vistos juntos em Assombro, visitando o zoológico, há pouco inaugurado. Soube do falecimento de Uzias e não podia culpar seu amigo (ficara sozinho esse defunto), embora agarrasse a sua morte, lá nos fundos. Uzias procurou a sina de animal e como tal se foi, embora ainda agarrasse a sua morte. O que num pai é amor não se congela. E se a palavra julga, foi julgado Uzias e era sua prima-irmã palavra. Além disso, a perversidade do filho cicatrizara-lhe a memória. E não ter essa memória é despertar. Sim, dois meninos eram — Raimundo e Pompílio — perdidos entre animais que os viam, como se fossem eles os visitantes e os dois na exposição diante das jaulas. A perspectiva da visão depende do lado em que se esteja. A espécie humana não deve ser também uma surpresa para a curiosidade dos bichos? E ali estavam dois espécimes raros, com boa-fé, mesmo sem saber bem o que seja isso. Dirão então sem dolo e é assim também a meninice. Porque, às vezes, a boa-fé dissimula a bondade e a bondade não dissimula nada. Ou isso que os salvava perante a infância desarmada dos bichos e desejavam trocas de impressões, tais crianças que se aproximam, longe da estupidez madura dos adultos. E a alma aos dois não estava embevecida. E repentinamente se assoberbou por não ser fruto de exame dos animais, essa classe inferior na fidelidade ou na sincera fúria. Invertia-se a escala de todas as coisas. Os animais que tinham alma e eles, só olhos. A sua própria infância os amedrontava.

2.

Pompílio, que fora gabiru, agora homem — e Facó que teve filho gabiru, e rebelde, não se davam disso, nem da recôndita animalidade. Diga-se a favor deles — por pouco. Porque passaram a contemplar os bichos, e os bichos, a eles, numa empatia que ultrapassa todas as condições, gêneros. Eis como a natureza é mais forte do que os pre-conceitos de tribo. Se todos os homens vissem o instante em que não estariam mais entre os vivos, e se percebessem o lugar do coração, teriam súbita entrega e entendimento, sem precisão de palavra alguma.

3.

Ao chegar a seu aldeamento, que progredira, Pompílio percebeu a distância que mantivera da generosa Frineia, a vaca. E passou a levá-la de companhia, com Cláudia, como se fora um cachorro portentoso. Com emoção, sem conter-se, mugia, vez e outra, ao transitar pelas ruas, chamando à janela alguns moradores. E aonde iam, a vaca os acompanhava, sob os olhares despeitados de Rosaura. Julgava ser de sua pertença, a vaca. Ou porque se assumindo no mistério — raros o discerniam — feições suas. E longe disso, Pompílio cogitava, sorridente: "A vaca está feliz, por exibir a imponente personalidade." E leitores curiosos, os historiadores tantas vezes buscam preferir o que foi derruído, mas em nenhum li que tenham preservado na memória os restos de bois que morreram sob a canga, ou de burros que se despetalaram sob a excessiva carga. Essa enfermidade de esquecimento a respeito dos animais, na história, é um dado a ser pesquisado, sobretudo, por aqueles que não intentam apenas as humanas tumbas, ou a pré-história dos sonhos. Com um golpe de misericórdia diante das cinzas de tamanha prepotência de reis ou enganosos videntes. E suponho que não possamos mais desatrelar esse tempo de si mesmo, colado ao sarro e ao extermínio. Como uma pedra que, atirada, não volta.

4.

Nos últimos anos de Pompílio, exercitou ele, embora cada vez mais humano, tal hostilidade à dissimulação, ao engodo da ciência, que não continha interesse algum ao que pensavam os medalhões de província, que só dialogava com Cláudia, sua companheira, ou com

Longinus, que, vetusto, sobrevivia tal um cedro, ou com seu povo que saía da puberdade: a ninguém mais procurava. "De aprender" — afirmava — "já estou com Deus e com os livros que não me traem. E os animais que me amam." Foi quando recolheu um cãozinho abandonado, sujo, magro, que rodeava o Portal da Paz. E como tudo para se encantar há de ter nome, chamou-o de Cipião, o Africano. O que, desterrado, negou seus ossos à pátria que tanto lhe devia na vitória das batalhas. "Todos os desamparados e exilados, sejam homens, sejam animais, padecem de amargura tardia, por se verem como velhos bufões e trastes de escombros." Cláudia refutava: mais otimista com a clemência dos homens. Quem fora gabiru, no entanto, como ele, aprendera que nem ratos ou gatos conheciam benevolências. Com exceção dos últimos, quando domésticos bichanos, entre veludos e salas. Ou matriculando-se na nobreza e na amplidão dos palácios. Longinus inseria, no hábito, uma frase compreensiva. — Viver o que se diz é licença dos sonhos. E eu vivo o que a idade vai sabendo. — E ria com os dentes frouxos e em desaviso. E Cipião soltou uma frase para Pompílio, depois latiu. E ele recomendou ao bicho, ainda tímido: — Falar não é latir. E late o que não sabe falar. Não exijo que fales, basta que ladres. E ladra o que tem na fala, pedra que se atrasa por erro de pronúncia na alma. E o que esqueceu que tinha fala, por estar trancada ou distraída. — O cão o fixou, estupefato. Mais tarde, ora latia para os outros, ora falava com acento gramatical — o que lhe causou certa notoriedade, diante de seu "patrão" (guardara o hábito de assim chamá-lo). E foi nessa oportunidade que o governador baixou um Decreto para o não acordarem, salvo por motivo muito sério. O que nada tinha a ver com Cipião, é lógico! — E que motivo sério é esse, a ponto de salvaguardar-se? — perguntou Longinus. E a resposta não tardou: — Estou pronto de viver muito. Viver dormindo de viver para despertar. Até haver passado pelo sonho, que é tudo o que se viveu. Posso governar, aconselhando-me nos sonhos. — Longinus não discutiu. Não cabia. As leis são antiquíssimas e tantos, tantos na sua interpretação trabalharam, existindo sempre para os poderosos a exclusividade. Pois é a excelência que faz a lei, ainda que não seja excelente. Nem partidos se desenvolviam — o que traria contendas sob a lei. E isso possibilitava que D. Quevedo se dedicasse às *inventações* (assim as designava), alcançando voar com as aves no seu maravilhoso veículo. Porém, não legou herança a herdeiros (sua mulher viajou para a terra bem antes, entre agonia e delírio), nem permitiu que alguém gozasse a fortuna, por tê-la toda gasto, entre mulheres, jogos e frustrada esperança. Seus velhos conselheiros: tanto Diego, o erudito, quanto o artista cênico, Manduva, tiveram opções extremas. O primeiro desapareceu numa biblioteca, entre volumes seculares, com o labirinto de imagens de Funes, memorioso e borgeano. Terminando ele — biblioteca incendiada por fogo criminoso noutra maior, carbonizado e mais oracular que os destroços. Manduva, o artista, vagou pelo mundo junto a um circo. Dizem que casou velho, de barbas poentas, com uma equilibrista, acabando por se afogar num dos canais da Holanda, querendo provar para a mulher uma juventude e vigor que se desmentiam. E o que achou na morte talvez não tenha achado no amor.

5.

Escrevo estas páginas com desolação. Porque sei que os gabirus sempre tentarão ocupar o homem. Ora pela miséria, ora pela agressividade com que se criam os brutos. Os brutos e os idiotas. D. Quevedo, último florão da fidalga estirpe, faleceu num dia de inverno, caminhando junto ao Marechal Oceano, com quem desabafou, como de camarada a outro na mesa de um bar, entre os tragos. Caiu e não se levantou mais. Contam que de enfarto. Seu enterro foi simples, com sobreviventes de seu poder. Cumprido o testamento: foi sepultado. Aberta a terra na cavadura, este defunto fez suar o próximo, como fizera, vivo, suarem damas no leito, cavalos, manhãs. Era de cepa rara dos que fundavam os sonhos, com os sonhos dando pássaros e avencas. Não sei e ninguém sabe. Se tivera com Deus intimidade, porque fugia desse assunto, quando Longinus o suscitava. Um dia, teve a arrogância de afirmar-lhe: "Deus é um dos meus personagens e os autores só vêm a conhecê-los depois da invenção." Longinus chamou-o de pretensioso, em tom jocoso. E ele replicou: "É o contrário! Melhor é conhecer o autor antes, para não aborrecer-se depois, pois todos são carentes de amor." D. Quevedo mudou logo de assunto e de cara também — ficava sério, tal se tocado por um fio de espada. Morreu D. Quevedo num upa: com batida na porta dos passos e tombo fatal. E lívido, igual a um monte de lírios derramados. Não teve agonia, porque habitou a muitas. Escrevi sobre o infortunado. No sepultamento foi coberto com lençol escarlate, como se atroasse entre pombas. Posto no seu carro-barco voador, invenção de um engenho que só se fatigou nas voltas da vertigem, ao deslocar todas as liberdades da alma, que no corpo não é dado. Mergulhando ao fundo de uma terra viúva. D. Quevedo agora terá no carro-barco voante suas novas aventuras de chuva e ossos. E talvez se desloque pelas vastidões e latitudes da argila. Numa viagem florida de outro Júlio Verne, para o centro caviloso da terra. Junto, agora já dorme, na mesma tumba, colocada no esqueleto branco de desejo, a seu lado, em veículo final, a mulher Helena, que, sem palavra, com roto e perdido nome. Pompílio, Cláudia, Longinus (abalados), Raimundo Facó e alguns populares de Assombro misturavam-se ao testemunho do vento no ofício da calamidade. Um desconhecido assistiu ao desenlace funéreo. Descobri, ali, um biógrafo futuro de D. Quevedo. Jovem, de olhos dados ao azul, fermentados de admiração e gastura, intensos, até no engolir do chão. Era universitário: Marco Lúpen, quase a formar-se. E alinhava dados sobre a existência deste homem que foi grande e tinha estrela. Como se quisesse que o mundo cessasse ali e é quando o mundo nem dava falta de ninguém, nem de sua translação irredutível.

6.

No aldeamento, para que não sucedesse o que aconteceu com D. Quevedo, que não deixou sucessor, restando uma falta de liderança depois dele, Pompílio preparou Josué, que constantemente o seguia, pronto para substituí-lo na chefia. Josué era de pouca ou nenhuma palavra. Tinha uma autoridade que brotava dos gestos, da postura nobre, da forma com que punha os pés no ouvido da brisa. Decidido, sereno. O historiador Marco Lúpen perguntou a Pompílio o que poderia testemunhar sobre D. Quevedo. E ele não respondeu de tanto a dizer. Tal se a língua lhe tivesse pegado no fundo da boca. E o curioso que Pompílio montava no cavalo, que lhe legou o finado governador, o Basílio. Desabafando, num murmúrio, que o cavaleiro não teve força de falar, o animal chorava diante de ambos, atônitos: "A bravura deste homem não estava no meu lombo, nem nas minhas crinas, era ele o galope." Não cabia maior homenagem. E Pompílio cavalgava fábula adentro. E a fábula é quando o tempo perdeu as botas; nós é que as calçamos. Ou elas calçam apenas os nossos mitos.

7.

Fábula? É toda a história humana. Sempre política, aterradora, ou simples como o cão que Pompílio apadrinhou. O tal Cipião, o Africano. É lógico que qualquer aproximação com o herói romano também se torna mera coincidência com o que sucede no mundéu, até deixar de ser. Segundo muitos, sempre deixa de ser. O cachorro engordou com o bom trato e quem não gosta dele? Até a imaginação, quando entretecida, imagina mais. E o cão era a imaginação do dono que não latia por acaso. Ao ganir, não se tolhia de correr que nem lebre. Admitimos a imaginação, quando ela nos admite. Fareja, agarra a alvejada caça. Quem tem boca mata a sede e o que tem cão alcança pássaros. E houve o dissabor de tirar da boca de Cipião um tico-tico trêmulo. Assim a imaginação: comete desvarios, é a governanta da casa. Se sábia for, o criadio andará sábio. Porque a razão não tem paragem e se ilumina no delírio. E a boca só morre com o peixe. Não com os sonhos. Porque se acostumaram a não carecer de boca. Flutuam ou descem, deslumbram ou inquietam. Falar é coisa do real e a demasiada realidade mata. E por isso, Deus é que caminha em tal realidade, que, se olhos humanos o virem, morrem.

8.

Pompílio e Cláudia envelhavam, como a lã, que de embranquecer se afaga. Sobre eles a sombra de dois pessegueiros. Era insistente. Tentaram prendê-los; saltaram fora. Porque velhice não é sombra, velhice é luz. E a luz afia a velhice igual a lâmina que apruma melhor. Não é vinho, não: é faca pampiana que não enferruja na água. Vai perdendo cabo, mas não o fio. Morre cortando a luz. Contando o sol, cercado pelos livros. Além disso, as *Bachianas*, de

Villa-Lobos, enverdeciam na eletrola, com nenhum capinzal semelhante aos ouvidos da lua, que também eram verdes. Não se capina destino. E a enxada apenas serve para cavar a noite. — A gente acaba — disse Cláudia. — O povo não, tem de continuar a ter sementes e filhos e mais sementes. Não acaba. — Mas a gente acaba tendo de morrer. E folhas tenras não estão nos olhos. — E se morre de uma coisa que não se acaba, nem se inventa. — Até por uma pedra, um tropeço. Morre-se homem, não bicho, é o que importa! — Morre-se sempre de alguma forma que roda. — E o sol é redondo para rolar. — O sol vem de um lado. — Para chegar ao outro. — Como nós, devagar. A gente acaba de se inventar até morrendo. Ou inventa-se de não morrer com estar morrendo. — Até não morrer mais o tempo todo. — O que morre é a casca, e não o tronco. Por vir do chão. — Quem tem palavra na mão pode voar. — Voar de quê? — De inventar-se vivo. — Depois todos acreditam. — Como não voltar ao animal? — Melhorar o homem. — E sem isso a vida não sabe mais nada.

9.

Envelhecer é uma longa preparação da primavera: a meninice se alvoroça e vai-se voltando às avessas, nevando nos montes do peito. Quando, porém, a criança em nós está madurando com os olhos inocentes e ganha certa candidez original, então perecemos. Com a permissão de o sol dormir conosco.

CAPÍTULO DÉCIMO SEXTO

Pompílio foi chamado às pressas. Seguindo para Assombro. Seu amigo mais dileto, Raimundo Facó, descobrira que se contaminara de câncer, em estado avançado, nos pulmões. Um resfriado o abateu, encobrindo o tal câncer, ao procurar o médico, depois do exame por ele exigido. E é Bocage que admoesta: "Morte! Clamava um doente,/ este mísero socorre./ Surge a Parca, de repente/ e diz, de longe: recorre/ ao teu médico assistente"... Pompílio mal podia falar a seu companheiro nesta hora penosa. Visitou-o várias vezes, comovido pelo que muito entreviu desse convívio. Não eram usadas as palavras para quem as segurava com palma de orvalhos. Facó, por isso, ouviu de Pompílio palavras, que só ele podia dizer, porque tinha gratidão e fidelidade, sabia onde abrandar inseguranças, desarmar redondezas do medo, porque o coração do homem é terra sagrada, às vezes inóspita e que jamais há de padecer profanação. Sem nobreza não se entra na morgandia dos afetos. Alma se preza com alma. E cada vez que Pompílio o visitava, mais o sentia ir-se de manso pelas neblinas. Lucidez começa a não se bastar, quando é ternura que satisfaz tal viuvez. — Amigo, conta com o que precisares, seja dinheiro (do que tenho não te acanhes!), seja com palavra para convencer o arredar a morte. E com palavra, eu a convenci muitas vezes quando devia se encantar. Mas ali, em tempo de sega, não podia ser adiada. — Facó ia-se finando e eu, mesmo assim, o firmava de palavras. Quando as dele se acabaram, as minhas se agastavam, não pude mais nada. — Não deves ir! — gritei. — Não deves! — Mas cabia somente chorar e chorar. Com todos os fôlegos. Todos. Deslocava-se para além. E apartava-se. "Já não preciso das estrelas e quero-as apagadas.../ Esvaziem o oceano, varram o bosque também/ Porque a partir de agora não virá nada de bem" — escrevia W. H. Auden, como se previsse aquele instante. Os poetas se antecedem sem querer. O ser humano só é imortal de amor. O corpo de Facó se imobilizara de morte. E quando o vi morrendo, sussurrou: — Deus está perto, me toca e eu vou... Uzias, por que isso? Por que isso, se eras meu filho? — Foi quando Pompílio lhe pôs uma palavra sobre a fronte e não viu mais seu amigo, apenas a palavra brilhava. E o acompanhou dentro do caixão. Quando a terra se abriu, porque as pás mal tocavam e era como tivesse adornada, a luz na testa não se dissipou. Antes de a tampa ser lacrada, o rosto mais se assombrava, do que aos que o reconheceram. Viram em Facó o repentino rosto de Uzias, ali, homem sereno, transmudado. E a palavra se apagara. Cláudia também a isso viu e alguns do povo ou colegas funcionários. Na morte nada mais se engana e o tempo é raro de crescer. Cresceu todo? Talvez continue a crescer. E irrompe o solo. Assim era ao menos no peito de Pompílio, pois morria um pouco, ali. Quem sobrevive, leva junto seus mortos sob terra límpida, à beira de riachos e de morros na vastidão da humanidade deles. A humanidade que não morre nunca.

2.

E a vida quer subir. Como um poeta francês quer "casar a aurora com a claridão de lua". Sim, por essas e tantas que o homem pascalino "não é mais que um junco". Um junco que casa e ama e busca a filiação do húmus e se locomove entre muitas águas. Pois de um óbito, Pompílio e Cláudia na semana seguinte foram a uma cerimônia matrimonial do mais eminente pensador de Pontal de Orvalho e Assombro, Ricardo Valerius, com a jovem engenheira, Mila. Em sua morenice de escuras tulipas. Riso largo. Lúcida, perceptiva. E um senso de uvas no verão. Não tem tristeza, noutra ponta alegria? Deu-se o enlace no salão de festas da Academia de Filosofia. Entre autoridades intelectuais e as do magistério, Ricardo se ameninava de amor, com rosto de erva ditosa, andando de sorrir. Mila como um pão de trigo desce para os infantes lábios e encontra os de Ricardo. É a mesma foz. O sol se amanteigando sobre o pão no céu das bocas. — Que não tem fundo, nem estrela — observou Pompílio. — A paz do amor não tem lado, é paz sempre — disse Cláudia. — Um segredo entre muitos anos de alma — aventei, silenciando. E Pompílio orgulhava-se da mulher que não hesitava em mostrar-se em público, ainda de perceptível beleza, discreta, sem que nenhum movimento desampare o encanto. E ao se darem as mãos, os noivos, diante da seriedade dos que os fitavam, selaram-se de alento, um no outro, sem se atinar nem quando começa toda a razão, nem o delírio dos atalhos, onde rios dormem e a pedra não volta. — Custou a casar o Ricardo! — Pompílio desatava a voz. — Era inveterado solteiro, filosofando as horas. — Inveterado da crescença! — apoiou Cláudia. — É. O amor são suas infâncias que não se medem, mas se engolfam. E os pensamentos se desdobram — Pompílio acresceu, observando as alianças se trocarem, atinando: — Os noivos são a mesma pessoa de um lado e de outro. — Têm duas almas numa só — assinalou Cláudia, se arredando. E pensava no poema de W. H Auden, de sua predileção: "Não entendo a voz da roseira,/ Nem sei do melro a canção.../ Ó contem-me a verdade do amor."

3.

Depois da recepção, voltando para a sua aldeia, Pompílio falava à mulher: — Se pararem os pensamentos humanos, Deus para! — Cláudia desentendeu, recusou-se ternamente, não partilhava. E a frase como pilão martelou-lhe a mente: Deus pode parar? Não é homem, mas Espírito! E contestou: — Não para o tempo, nem Deus para, porque ser

Deus é não parar nunca, senão também todo o universo pararia. Ao chegarem, a que estava parada era a noite, onde não se ouvia nenhum rumor de folhas. Tal monte que vai dar flor. Deitados, Pompílio mostrava comiseração pelo finado Raimundo: — Tinha um filho gabiru que, enquanto vivo, não conseguia mudar: preferia a condição de rato ou de gato selvagem à de homem. — Era perverso, destrutivo, Uzias! E o mal atrai o mal. — E, sabe, Cláudia, não se muda criatura que não quer a palavra. — Concordo. Só ela pode mudar a diferença entre animal e homem. — Com a palavra que coloquei sobre o defunto Facó, pelo sangue em morte correndo, alcançou Uzias. Não viste que, afundando na terra, Raimundo tinha o rosto do filho? Ou o pai possuía o rosto final de Uzias, todos os rostos finais de todos os humanos mortos. — Lembras, Cláudia, que, no início, os gabirus do povo perguntavam o que é o homem, por serem animais? — E o mudo sabe o que é falar, e o cego, o que é ver? — No entanto, a palavra posta na mudez abre a fala. Posta na cegueira, abre os olhos. E nos bichos, a palavra gera o homem. — E é a educação que faz o tempo, abre as pálpebras fechadas. — E, mulher, é preciso pensar. E pensei: não tendo filhos, Josué tomará conta de nosso povo. Envelhecemos... — A fortuna de estarmos juntos é voltar à infância. E o meu povo? — O povo deve, aos poucos, sair ao mundo. Tem força, sementes. Tem palavra. Não é filhote sob as asas. — É seu próprio pai!

CAPÍTULO DÉCIMO SÉTIMO

Ao amanhecer, Pompílio cogitava certa estranheza das relações humanas. Todavia, o contato com sua gente era diferente do que mantinha com intelectuais ou entendidos do momento. As exceções, poucas. Seu povo era humilde, laborioso, sem suscetibilidades, tenências ou mágoas, possuía o mundo direto, sem intermediações de calúnias, fofocas, injúrias subterrâneas. Estava convencido de que, aqueles grandes do mundo, na medida em que encaneciam, simultaneamente, aprimoravam o saber e a perversidade, em mesmo pote de alma. Muito tinham a aprender com essa gente da colina. E a humanidade é dos pequenos, visionários e loucos.

2.

Arranhou-nos a saudade do Raimundo, ao conversarmos com Longinus, idoso e de ardente juventude. Mantinha correspondência com Altamiro, o historiador de Pontal de Orvalho, há muitos anos. Parecia imitá-lo no vigor, embora esse fosse ainda mais longevo. E não é longevidade uma infância que insiste em perdurar, além dos calendários e dos cálculos? Sabe, Cláudia, os amigos escasseiam — os verdadeiros — e só achamos pedras brutas, com ranhuras de febre. Então pensou, sem falar palavra. Estava nas ocultas mentes das ideias, espécie de reino superior da inteligência. O que sabemos da racionalidade humana? — Raimundo me hospedou sem conhecer-me, foi camarada raro, de puro cerne. Com aventura e desespero. E a faca de um filho, a faca da faca, até o cabo. Enfiada em prestações e no atacado. Mais interna que os sonhos. Sua garra. Pompílio na verdade cansara-se de viver. Suas alegrias vinham de Deus, de Cláudia e o povo. Adiantava-lhe, tal como Elias, pedir a morte sob a figueira? E a morte disso sabia, não desejava livrá-lo. Maldosa, apenas investe contra o que dela se esquiva. E Pompílio ansiava fugir desta carcaça, voejar de alma. Não precisaria de trajes, pompas. Sua alma esvoaçava de sair. — Mas não, não deixo tua alma sozinha! — falou Cláudia, adivinhando. — Afinal, com alma, podemos mais libertos fazer amor. Estaremos nus e voantes. Iguais aos patos selvagens.

3.

Nem um mês se detiveram na aldeia, ordenando ou trabalhando com a alavanca do povo. Tiveram que viajar rápido para Assombro: a morte de Otília, a "Tília", duas vezes mãe de ambos, tantas vezes, irmã, e outras tantas, órfã de si mesma. Uma infecção no estômago a colocou em febre, mal-estar. E se foi. Nem sabemos o que comeu na gula solitária. Um sopro na folhagem. Foi enterrada entre parentes, poucos, com a comparecença de duas velhas vizinhas e amigas (tricoteavam juntas lã e vida alheia), como Parcas — abelhas. O corpo de Otília se reduzia à maçã de pele acetinada. E os óculos estavam mais vivos e distraídos do que ela, entrada em morte. Os óculos não, não morreram. Tinham as lentes toda a inteligência que sobrara, enquanto a sua dona dormia, cristalizada. E as lágrimas nos rostos de Cláudia, Pompílio endureceram. Começavam a pesar nas pálpebras, pesavam sob o dia. Também sob o chumboso sol. Caía no fojo a defunta num caroço e os óculos. Como se ela pertencesse aos óculos e não o corpo a eles. Pois os olhos da terra, de treva em treva, se esvaziaram. Depois veio a Pompílio que agora Otília, mais do que nunca, precisava dos óculos. Não que pudesse ver sem olhos. Quem sabe os óculos veriam por ela, numa fidelidade que os objetos, semelhantes aos cães, guardam das imagens dos seus donos. E jogou os óculos na aberta terra, tombando junto ao corpo. Depois Cláudia perguntou ao marido, concentrado, se a morte tinha alguma preferência gustativa. E ele respondeu, intuitivo: — A morte aprecia morangos e figos. Disseram-me e pressinto. Ao raciocinar, descubro que ela não tem paladar. O cheiro de ruína é o de certas ervas, como as urtigas.

E Otília — a pobre — vai partilhar sua paciência com boninas, pedras e outras flores. E nós ainda teremos de partilhar entre os vivos, o tempo inteiro. Tanto no existir, quanto finando, temos que nos livrar de nós, para, após, livrarmos os outros.

4.

Visível o cansaço de Cláudia, traía-se na respiração entrecortada, o reumatismo nos membros destilando ferrugem e os ossos doendo, até as roupas. Pompílio ainda não reparara, mesmo quando ela adernou a cabeça sobre seu ombro de consolo. Ela gostava de se sacrificar, calando. Quando sentiu dificuldade para levantar-se, Pompílio passou a ter preocupação por ela. Brincara tantas vezes e era realidade: "Sem ela, fico sem mim." E agora a vida não brincava. Cláudia tentou levar adiante, resignada: — São miragens da idade — falou com humor, de cabelos que enevoavam tal o cume de montanha, olhos-cerejas, sobrancelhas brancas que se assemelhavam em arco às de uma nipônica. — A idade é um deserto. Não nascem rios no deserto? — Nascem da palavra. *O que era deserto tornou-se jardim de Éden.* A respiração de Cláudia, ao se erguer com espaço, ficou ainda mais fragmentada. E Pompílio disse: — Estamos em Assombro. Vamos a um bom médico para examinar-te! — Não creio nos médicos! — Foi sua reação imediata, teimosa. A cura está na palavra e a palavra na cura. Mas a velhice... — É amiga que não trai — completou Pompílio. Há um provérbio chinês (e ele os apreciava) que afirma: "Depois de pronunciadas, as palavras são como as montanhas." — Já sou uma montanha — atestou Cláudia, sentenciosa —, uma montanha branca. E a palavra não é espada? — Sim. — Assevera Li Po, o poeta, que "é inútil sacares da espada para cortar a água; a água continuará a correr". A velhice é como a água... — Pode-se então beber — sustentou Pompílio. — É ela que nos bebe — Cláudia não perdeu a velocidade da ponta da língua. Outras vezes cortante. Não lhe aprazia muito ficar atrás das discussões. Um certo feminismo militante e não tão secreto vez e outra reaparecia. Cláudia não deixava nunca o facho da realidade, ou do senso prático das coisas, se isso chega a ser um facho. Certas ocasiões, é apenas fecho de costurar a vida. Ou fecho de ouro. E era um provérbio, que o marido ressuscitou, com riso largo: — "Falar não cozinha arroz!"

5.

Ficando a sós, em casa e na cama, depois de ambos gozarem de igual fogo, tardo e úmido, os olhos dos dois nus, extasiados, se arredondaram solares, um esboçando ao outro no entardecer. E junto às estrelas. A volúpia dos velhos é a dos novos, quando se amam. No mais, tornam-se cofres molestos, difíceis de empacotar e tão pouco razoáveis. A velhice não é uma cerejeira.

CAPÍTULO DÉCIMO OITAVO

Cláudia se apaziguara e tinha o que Ovídio, desde o desterro, considerava na mulher "o riso leve e digno". E o cão Cipião, o Africano, despreocupado, utilizava o talento de comedor de óculos da freguesia. Foi o caso de Túlio, o do boteco. Seus óculos eram iguais a calhas de tão focais e fundos. Não era bem-sucedido comerciante, porque abria e fechava o bar e os clientes enchiam de nomes seu caderno de contas a pagar. E ele fiava. Solteiro e notívago, de provada têmpera, embora franzino, quase raquítico, des.izava olhos imensos, com a testa, tábua franzida, túrgida. Os óculos quase cobriam sua cara. O cão Cipião penetrou pelos fundos do boteco e aí dos óculos que caíram, enquanto o dono os catava, tal em jogo de cabra-cega! E o cachorro como abelhas africanas sorveu o aro e as lentes, aluno, decorando com os dentes a cartilha. E uma paixão obsessiva a ele possuía, os livros de juristas, principalmente, os mais ilustres e pontificais, com tendência — diga-se de passagem — aos provectos constitucionalistas, que encontrava num depósito, fora de uso, na casa de Pompílio. E esse, por sinal, tinha clemência com seu cachorro, considerando que no assunto de livros possuía culpa no cartório, quando ainda gabiru em Assombro. E que não se culpe, sistematicamente, apenas ao cão. Por descuido, ou talvez por serem os óculos mais famintos que Cipião, ao cair comida neles — arroz, feijão, farinha — a tudo digeriam. Como se as lentes fossem bocas. E se falassem algo contra elas, no ganido o cachorro as defendia: — Coitadas! Também têm fome e há que saciá-las. Para depois, bisonho, também saciar-se delas. Na tese antiga: a de que o maior acaba sempre comendo o menor. Suporta-se, com a fome, a cólica dos óculos!

2.

Os iguais se protegem na comiseração dos erros passados. Essa a relação com Cipião, arteiro engolidor de vidros, como certos acrobatas comem fogo. E era um artista, não menos. Outros óculos sumiram nas vizinhanças. Inclusive, os do ilustre causídico, de obscuro tempo gabiru, que residia na aldeia, sem nenhum interesse pelo povo. O bacharel Armindo: baixo, sem pescoço, petulante, preferia, como Newton, os sapateiros aos poetas. Ou talvez os oculistas aos cachorros. Barulhento, orador alucinado de causas criminais (boa parte perdidas), tinha maus bofes e uma irritação natural ao ser humano. E era vítima de gracejos pelo emprego de preciosismos linguísticos, fora de voga: ínclitos, reputados, nobilíssimos, vezos... Não é que Cipião não lhe comeu os óculos estrambóticos, cheios de parafusos junto às lentes, como a seu chapéu-panamá, que levava com galhardia na pesada cabeça? Foi simples para o peralta. Deixou-os num banco de sua cozinha e ao retirar-se da peça, penetrou o larápio e zás! Outro feito alardeado: um dicionário de vocábulos latinos, na parte mais baixa da estante do causídico. Com malandragem e jeito, pelo escondido, fruiu-o, vagaroso, tal se fosse um manjar de ossos e carne. Jamais aparecia o infrator, apesar das lamúrias do causídico Armindo ou de Túlio, o botequineiro. O único indício que Pompílio presenciou do indigitado — e se escapuliu — foi quando o flagrou falando sozinho, resmungando pela inexistência de mais óculos pela redondeza. Ou de livros, ao dispor de sua sofreguidão leitora. O que não faltava, no surgimento de volumes vetustos pelas esquinas, a preços de quase nada, provendo-se o agreste cão, ao irem os vendedores cometer necessidades fisiológicas e ao se distraírem. Resmungava o cão e Pompílio achava-se diante de alfabetizado e sapiente espécime canino. Rabelais, poderia entender bem com Pantagruel essa devoção livresca e ocular. No mais, Cipião era gratíssimo aos seus donos e se atinha nas regras que aos animais domésticos regiam, ágil e presto em fazer amigos e influenciar pessoas. E o que mastigava — era para o bem de certa ordem pública, em face da solidão de tantos exemplares na enxovia da ignorância letrada. E modesto, fazia-se acompanhado, vez e outra, num gesto de caridosa conveniência, de outros cães, os mendicantes. E a seu favor se diga: era um benfeitor de sua classe. Ainda que a elogiá-lo tenha certa queda, para não dizer, toque de bondade.

3.

"Sendo inorgânica a literatura, não é inocente!" — anotou Georges Bataille, personagem que Pompílio achava lúcido e obsceno. Porque ele, sim, não era inocente. Mas este cão Cipião que come óculos e livros é deveras inocente. E pelo visto, sedento de justiça. E a humanidade porventura não digere tantas vírgulas de suas mais solenes frases? Um surpreendente quadro no aldeamento: caminhavam, lado a lado, pelas ruas magras, Pompílio com passos de pardal envelhecido, Cláudia (o amor coincide no rosto do casal, modela-os no barro de viver), Frineia — a vaca — arco do triunfo de tetas e ancas, femininas patas, mais Cipião, o cachorro, tão africano quanto a noite, ladeando-os pequeno, com imponência de elefante. Desfile não tão silencioso dos seres de uma família organizada, à vista do comandante — Marechal Oceano, em continência, diante da tropa de ondas. Numa democracia tribal esclarecida. Tudo vai, quando se viaja junto.

4.

"Nada dura, mas muda" — dizia Heráclito. E o que muda nem se sabe e de mudar, parece tudo igual. Uma civilização de rachaduras, negligências, apetites, lentas fagulhas, algo que desborda e nem ergue a voz, quando a razão comanda. Pompílio desejava desvelar o que seja, porém é inaudível, violino sem cordas. E era com Josué: cada vez mais estranho, com maior silêncio ainda. Pensou: "Ele é como um filho e farei com que ele reaja e se proteja; não, não tem prática de reger, mandar? Devia dispor-se e não tenta." Nada dizia. Tinha cãibra na língua? E Pompílio acercou-se de conselhos, o que não achava olhos, nem ouvidos. No caso, de forma desusada, por ser cheio de curvas e mudezas. Falou-lhe: — Que tens, filho? — Colocando a mão de leve no seu ombro. O que se passa? E o outro em caladio, caladíssimo. — Sou acaso um pai de pedras e as pedras nem sabem mais de mim? E a pedra, o que sabe de si mesma? Não, não lhe competia ralhar. Com pedra não se ralha. Nem se lamenta. Se fosse um pintassilgo... Porém, uma pedra nem conhece a outra, ignoram a nós, como as estrelas os telhados da aldeia, entre casas, zangões negros. Nenhum pio daquele coração. Pompílio agarrou a mão de Josué: empedernida. Que maquinações a alma fria engendra? Não, não pode! Se os olhos ouviam muito, os ouvidos dele não queriam ver. Por defeito de nascença? Jamais lhe passou na ideia essa tão penosa comunicação. Porque amor se comunica. Josué, por haver sido criado perto de Pompílio, era das fidúcias. No silêncio achava que existia ouro. Era só silêncio. Dureza de tartaruga: carapaça. Com pedra não cabe, com pedra ninguém zanga! E ao falar com Josué, parecia estar cochichando nas orelhas de um cavalo. Aliás, dois alazões enriqueciam no palanque, ou engordavam. Um fora prenda de D. Quevedo, o Basílio e outro, com o circuito de seis anos, comprado barato numa exposição, levando o nome de Ruivo. Pelas crinas. Sem dúvida, os corcéis eram mais prestosos. E não eram? As almas tinham mais varianças e oscilações a bordo. Josué parecia haver-se acostumado aos zelos de governar, servindo. E de servir, profetas erram de muita razão. "Não se pode" — dizia-se Pompílio, vigiante — "deixar cobra amansar bote." Cortar-se-á logo, antes do lance. E o pior é quando já vingou raízes. Mostrava a Josué os avios miúdos e os graúdos da serventia de mandar. E escutou dele — após as penitências de esticar as contas dos deveres: — Josué sabe tudo! E tanto sabia que montou no cavalo novo, escoiceante, com olhos de grãos de café tinto, e destruiu uma parte da porteira, indo-se num sacrossanto tombo. Josué, com pupilas de azeitonas bravas, amarrou o cavalo e olhou os estragos: madeira rompida. Depois consertou os danos e sorriu. Com dentes pontudos à mostra, sem intimidar-se da desastrosa queda. Mais: desajeitada. E a um domador, ridícula. Todavia, acalentava-se, cogitando em defesas: "Nunca se enxerga o rio com mesmas águas." Pompílio gracejou, na ausência de escoriações: — Então sabes tudo? — Sei tudo e não! — murmurou, vagamente, como se tirasse uma pedra da fala. E voltou a pegar o cavalo sestroso, montando e se empinando, agora debalde. Agora não, não! Amainou-se com palmada forte na ruiva crina. E o cavalo se doeu, afeiçoado a ele. Como se descobrissem no correr a lei da gravidade do galope. E os cientistas nunca se deram conta de sua elucidação calma ou aleivosa. E por que se dariam, se eles são mais carregados na pesquisa do que os assuntos os carregam? Ali em Assombro as coisas é que lembravam os homens,

212

não os homens, às coisas. O que da maresia se emborcava. Maresia é que nem amor quando se enche de albas na laringe. Pode-se comê-las? E de abas, o cavalo que derrubou a porteira ria muito, sem siso, desavisado. A dentadura equina tinha o riso desagradável, o zurrar de um jumento velho que o avizinhava no retorcer ao acesso dos gabirus. E Pompílio tonteou, um calafrio bombeando as fuças o irritou com tal cavalo. Passou-lhe a descompostura, em brado retumbante: — Animal, põe estes dentes para dentro e não tolero diante de mim tal insolência, ou espírito de escárnio! — E Ruivo tossiu, nervoso, e focinhou de zangas, carrancudo. Pompílio, com Cipião latindo, não se contentava de segui-lo, zombando do cavalo rebeldoso.

5.

Cláudia se acamou alguns dias, de molho, por ter-lhe advindo um resfriado, além da perda irreparável de sua mãe que ainda na memória vazava. E, prática, previa na conduta de Josué sintomas que Pompílio, bondosamente, desavaliava. O que redundou em erro de previsão que custaria caro. Quando Cláudia com franqueza lhe contou a súbita desconfiança, como se um lobo de ovelhas pastasse, cerce, Pompílio não ouviu. Afirmou alguém: "Que seria dos lobos sem as ovelhas?" Pretendia, leitores, de alguma forma, avisar Pompílio e o que posso, se ele e Cláudia viviam independentes de minha vontade? Sim, pretendia alertá-los sobre o processo gabiru que tomava, lentamente, o pensamento de Josué, dissimulado em burreza. O lado de uma besta que, aos poucos, nele se expandia. Porém, como suspender o tempo que invadia o espaço preenchido entre autor e viventes, tal uma parede vítrea, interminada? Cláudia, instintiva, falou de novo ao marido sobre o que intuía, ou seja, a conspiração que suspeitava. Quem viu em seu restaurante Josué na mesa bebendo com dois elementos que não eram da terra foi Garrancho. Quando se achegava, eles mudavam a rota da conversa. E Josué não era tartamudo, falava bem, gesticulava. Era outro, de outra pele. E ouviu palavras que escaparam do cochicho para os ouvidos atentos: conspiração, revolta. Não conseguiu dormir Garrancho aquela noite. E bem de manhã, procurou Pompílio e lhe narrou o sucedido, com perplexidade. Amigo é o que de aviso põe na alma. Pompílio aceitou. Tivera um sonho de que ele e a mulher seriam presos. E com rapidez, mandou mensagem para Longinus, em Assombro, por um portador de comprovada idoneidade. Foi no cavalo de Pompílio, cavalgante, o mesmo que era de D. Quevedo, o mesmo da noite que corria. A mensagem: "Amigo, a traição caminha sobre o afeto, arma-se com novos gabirus. E a nossa humanidade não se rende. Pompílio."

CAPÍTULO DÉCIMO NONO

"Nada dura, mas muda." Pompílio, velho, exausto, com Cláudia debilitada, nisso pensaram. O mundo tornava-se bem mais estreito (ratoeira?). Depois mudando vocábulos, semelhando-se a um trapézio, havia viração da sina: nada muda e dura tudo. Porque o acontecido já está acontecendo e não para de acontecer. Quando estamos no meio das estrelas, caímos? indagou Pompílio, prevendo, sem nada saber, o momento em que, armados de revólveres, penetraram na casa pelos fundos: Josué-Uzias, o seu dileto ("Até tu, Brutus?") e dois comparsas mercenários. Não estava mais tácito, este que preparava para sucessor, e sim falante, arrogoso. Os olhos de rato e os dentes salientíssimos e a cauda extrema. Os olhos tinham pálpebras de abismo ("são perigosos os profundos", Nietzsche?). Os outros possuíam apenas cara, braços, pernas de homem; não eram. Não seriam nunca. Quando Pompílio e Cláudia iniciaram a palavra: foram amordaçados e ela ficou cindida ao meio, não conseguiu brotar, não pôde. Ficou também amordaçada. (Que somos sem palavra?) E o mudo, o de cãibra na fala, que na mira apontava, Josué, o que consideravam igual a um filho, arrogava-se de chefe gabiru

Não querendo ser homem, tendo ódio e fatias de rancor ("Detrás de tua cadeira há sempre um inimigo"), ódio e armas ensarilhadas na direção dos velhos em cativeiro como uma só alma na carne. Dispostos a morrer e a morte parecia não fitá-los. Tentavam chamar sua atenção e ela se recusava a conhecê-los. Pompílio, de tão magoado, não alcançava olhar ao que — serpente — aninhara, matilha de almas de um rato apenas. E ele via que nem Aristóteles ou Platão conjeturaram que um rato alma tivesse, apesar de, em verdade, o último estivesse desconfiado ao assistir seu Mestre Sócrates beber cicuta, criando a toca ou caverna, talvez prevendo que a ocuparia um rato. O povo se rebelou ao saber e em vão (que pode o povo sem cabeça ou rumo?), Josué-Uzias* não carecia de povo, somente de si mesmo. Nem de si, porém, do instinto predatório de governar a qualquer preço. E olharam Pompílio e Cláudia na janela e o sol murchou como uma pera inerme e a polpa toda de nulos fonemas. Quando Josué e seus cúmplices quiseram convencer o Vento e o Marechal Oceano a obedecer-lhes

---

*Nota de Longinus: Este não tinha nada do outro Josué, que conquistou a Terra Prometida. O nome de quem foi chamado não assinala o escolhido. Devia chamar-se: o que podia ser Josué e tinha tudo para isso e não foi. Outros não aparecem e não foram Josués. Leonardo Da Vinci, conhecido pintor, por exemplo, só foi desvendado pelo mundo mais tarde, o que ele encobria em humildade: o engenheiro, o inventor, arquiteto, anatomista, cozinheiro. E os pesquisadores vorazes, nem sempre eruditos, puseram os narizes nos cadernos e desenhos de Leonardo. Todavia, vale registrar que, aqui, no aldeamento, tem um mestre de obras — Leonardo — cujo talento está na pedra de base e na cumeeira das construções da aldeia. Esconde o Leonardo na alcunha Zeca Telheiro: poeta, contista, pintor e ninguém sabe. Ainda não sentiu a metidez dos narizes dos descobridores, os que fazem o bom sucesso e a fama.

(pode-se raciocinar com o vento?), era demasiado. Muito demasiado. E aconteceu que um vendaval varreu as telhas, algumas casas, abelhas negras se alaram no redemoinho. E o probo Marechal Oceano lançou vagas de altíssimas alturas e tal a intensidade que tocavam o sol que ia perdendo o equilíbrio. Não raciocinava. E para quê? Desgostava-se da demência dos lógicos e exatos. Foi quando Longinus, no Portal da Paz e também pela casa (abelha-rainha na colmeia), adentrou-se onde estavam os cativos, depois de apear da garupa do cavalo Basílio, com o mensageiro, trazendo uma palavra relampeando agudíssima na mão (atrás vinham — o cachorro e Frineia, a obstinada vaca). Longinus nem deu tempo de olhá-lo no flagrante — Josué: a palavra voou, martelando sua cabeça e ele caído ali. Tal a pedra na testa de Golias. Estirado se quedou, boca aberta como um peixe prisioneiro do anzol. Fruto se desmanchando, batel entre escolhos. E o anzol fisgou os outros dois cambaios direto na garganta, e não falavam, não falam nada, não. Longinus gerou com a mão o círculo que se moveu aos borbotões, saindo de seu gesto, das linhas desaguadas dessa circunferência de alfas, ômegas em cordas de corais, centelhas. E os encarcerou dentro. De imediato, tirando das amarras, Pompílio e Cláudia. O povo os aplaudiu. Frineia estridente mugia, com cravos florindo sobre o pelo. Cipião ganiu em cólera, pegou a mão de Josué e mordeu, mordeu. Poucos sabem, como ele, morder. E pousaram na ventana pares de rolas pretas e vermelhas. E todas as coisas, ali, eram recobertas como pombas.

Longinus estendeu as mãos com a palavra e todos ouviram, respeitosos. O que há com as pessoas, não são as mesmas? Ou tiramos os sapatos das coisas, quando as coisas se calçam sem sapatos. E as mãos de Longinus ventavam tal limoeiros na chuva. Com autoridade apanhava o mal da raiz e gamos de trigo, sem raízes, como se ramos dobrassem diante dele. Longinus abraçou Pompílio, Cláudia, um a um. Ritual de amigos. E os três adversos levados foram para a Cadeia de Assombro: ladrões comuns. E os gabirus neles, sim, seriam devorados por outros anônimos do mesmo calabouço. Animalizados todos num só corpo, sem alma mais alguma. Sem caminho de volta. É ato de vontade, em cada geração, ser gabiru, ou homem. E é essa opção que define a humanidade. O que será de nós, se o barco fizer água. E a ameaça do animal é o perigo de aceitá-la, semelhante a qualquer forma de terror ou barbárie. Não, não devemos "ser pacientes com os buracos" (ou tocas), em que tantos se enfiaram. E cuidado em levar a verdade, ao atravessar o campo e o pátio, sem embuçá-la, ou talvez transportá-la sob a pele desta natureza comburente. No sangue está a verdade. No entanto, Josué-Uzias não tinha mais cara de homem. Não tinha cara de nada. Salvo a de nuvem chovida. Que o primeiro sol já engoliu. A cara de vocábulo gemendo, com cobra de pedra no semblante e corcova de ratão bichado. Quem roeu os ossos, consumiu a carne. E o ódio não se nutre para o alvo, a não ser nele mesmo. "É impossível ensinar um gato a não caçar passarinhos." Ou ensinar o passarinho a não voar, ainda que assim deseje. Ou o passarinho a ser um gato. A história humana é o círculo e o círculo, palavra. E sempre gira. Como a água faz girar a roda.

CAPÍTULO VIGÉSIMO

Dizem os hindus que um arco nunca dorme. Nem sei em que medida somos arco ou flechas desatadas. O certo é que a morte é rede que caiu no peixe. E Pompílio sentia-se velhíssimo, em afetos e corpo, velhíssimo de idades decompostas, senil até nos olhos (ainda que de meninos cabisbaixos), secos. Uma pedra. E Cláudia, de enamorada corria de ir envelhecendo, não permitindo ser deixada para trás. Ambos iam despencando tempo a tempo, despencados. E Pompílio recordou seu pai nessa hibernação da natureza para a eternidade. Recordou seus olhos fundos de túnel, onde um trem já se movia. Um trem de trens. A história não combina com o respirar da morte. E ela é respirável? A história nunca aprende nada de morrer. E os que a escrevem se esquecem que esqueceram de tanto que lembraram. A história administra o circo, a partir do trapézio, ou a partir da jaula. E a Pompílio e Cláudia nada mais podiam tirar-lhes. Nada detinham para si, nem o poder, malha de uma rede perfurada. O povo em torno vive as estações e a sabedoria, ou a loucura de todos os governos. "A rosa vive um dia", ó Malherbe! "E o cipreste cem anos." (Milton, onde deixaste o paraíso?) Pompílio, Cláudia tomaram a graça de morrer, mesmo que a morte os renegasse. E quanto mais, queriam. Não por eles, jamais por eles, os dois de amor se viveriam para sempre. Desafeta a morte, despeitada. E Pompílio questionou-lhe: — Onde o caminho? — De mim queres saber, se já o tens andado. — É a palavra? — Sim. Tomem a palavra! Uma, os dois. Tomem! — E eles a tomaram da mão de Longinus para as suas. Passou num brilho de sabre. E as coisas precisam andar. — Precisam não. Nós que a carregamos — falo da palavra, antes de nós. — Carregamos a palavra e temos tudo. — E Pompílio fez sinal para Cláudia: — Vamos! É de alma a carga! E a palavra clareava a vidraça do corpo para a alma: a morte obedecia. Sim, o lume que a palavra pegava para dentro. Porque para dentro iam, para dentro, dentro de Deus. Últimos guardiões de uma dinastia, guerreiros foram na honradez de atingir o humano. E Pompílio — o que ultrapassou em si mesmo, o animal — lembrava — quanto foi significativo escutar de Natalício, orgulhoso: — És um homem, filho, conseguiste! Os ossos do pai amadureceram as pedras da fundação da aldeia, levantada sobre elas em solidez e espigas. Os ossos não são armas contra outros: flores, flores. E os mortos se adiantam aos que os sucedem. Mas ninguém impede o espírito em marcha. Nem a morte com sua dose de injustiça.

E Pompílio e Cláudia seguravam a palavra na boca. Despedindo-se de Longinus, arrimando o amigo ao peito, o marítimo peito que traçou com um risco o círculo no

chão, com a vara de prodígios (repousava na mesa da sala, semelhante a uma lança pendurada na parede). E se despediram de seu povo, despediram-se de Frineia e de Cipião e das aves e árvores. Deixaram com Rosaura, a vaca e o cão — ansiosa, de andorinhas líquidas nos olhos. E lábios que não podiam responder. E eles entendiam demais, entendiam o idioma labial das coisas. O cão gotejava, de cabeça baixa, com pupilas de um cordeiro e o pelo macio. Sensatos olhos, sensatos e altos olhos do cachorro, humanos. Enrodilhado e acendido fósforo: é animal de chama? Relincham os dois cavalos, um para o outro, embevecidos. Resmunga um ramo sob a gola da oliveira e rilha a noite a pé, chegando. Não é a noite o sol que vem de outro lado? Toda a filosofia não pesava esta hora, enquanto ia chorando o povo na palavra que Pompílio e Cláudia seguravam com firmeza. (E a palavra tem sonhos descobertos, naturezas inflamáveis, audácia de estar com a eternidade?) Olharam com ternura o companheiro Marechal Oceano que acenava. E antes de soltar sua palavra-ave, Pompílio disse, voltado ao povo:
— Já não precisais morar na aldeia, vivei aonde quiserdes, integrais-vos ao mundo, com as coisas que criamos. Eis vossa conquista: sois humanos e no mundo, sereis de corpo e alma, construtores, educados de infância. E sois os vossos sonhos. — Nada mais se ouviu, salvo o soluçar do povo. E Pompílio, comovido: — Por que chorais? Nós não podemos dar-vos mais realidade. A fé é realidade. Depois, razão sonhada. Como, sem fé, amar? E vos amamos. Pensamos em vós. — E o povo respondeu: — Nós

também. Por que não nos seguem, se vos seguimos? — É preciso que tomeis aos ombros, como nós, esta palavra. Retendo-a, como rédea, passado um tempo, direis, pelo apagar das cinzas: eles não estão mais vivos para nós. — E o povo: — Não diremos. Porque estarão vivos. — Essa é a realidade e não a outra! É o que o amor quiser. — E o povo numa voz: Sim, o amor é o que ele faz e quer. — Chegaremos juntos! E assim, Pompílio e Cláudia, congregados e assumidos, com as cordas vocais do céu, libertaram a palavra. E ambos foram ficando crianças e foram ficando sementes. E as sementes tinham palavra dentro que não cessava mais de respirar. Não cessava. E de amar juntos se foram tornando alma. De beleza ofuscante. Quando desceram à cova, já sepultos, a lua foi deitada com as sementes. E semente da lua era plantada na terrosa noite. E a noite deixava-se ficar até o fim. O fim do fim: o trem ao túnel traspassava. E o sol atravessava o espelho e o espelho, o sol. Atravessando. O humano não sabe nada de si mesmo. E o povo ia falando aos seus botões, falava de civilizações livres para andar e ver. Ou a civilização de nova infância nos trigais ao sol. Chovia a claridade intensamente. Longinus fez com que o povo fosse. Estava lapidado de viver. Tinha linguagem e o que a tem, não morre no caminho. E o caminho faz linguagem. Sim, foi descendo Longinus com a colina, a colina descendo e ele indo. O povo atrás. Adiante o Oceano. E parou o povo e o céu parava. Longinus, que tinha a validade póstuma do gênio, era a história: um prego para as roupas, um prego sobre as mãos e os pés, de prata. Um prego. Foi pelo mar entrante, foi pelas ondas levitando. Até sumir. Porque não tinha idade. Nenhuma idade mais, nenhuma pena de a felicidade submergir, nem corromper-se. Ao lugar que formos com a palavra, seremos ampliados de inocência. Ampliados de céu a céu. E o que aconteceu, estava acontecendo, antes de acontecer. Ou até nunca mais acontecer. E o povo viu — o que não presenciara — sobre uma rocha, escrito, com as letras de Pompílio e Cláudia numa só, e o círculo de cal, aroma e sol: *O amor sobreviveu a tudo.* E tudo nem carece de olhos para enxergar, porque o que acontecia não se esperava acontecer. Ou era como se as coisas adoecessem de acontecer. E tanto aconteceram, que umas se iluminam para alcançar a outras, com fulgor. E caem: um acontecimento noutro. Até nunca mais cair de tanta luz.

Este livro foi composto na Sabon LT Std
Regular, em corpo 11/16, e impresso em
papel off-white no Sistema Cameron da
Divisão Gráfica da Distribuidora Record.